徴言
WILLSENSE

周笃文 著

×

荣宏君 选编

古诗词之美

上海三联书店

目录

001　中华诗词，人类文化的瑰宝奇珍

009　激活传统话诗词

019　继雅开新谈作诗

029　开新崇雅　再造辉煌
　　　——中华诗词文化放谈

049　放宽韵脚　高唱新声
　　　——百年历史的回眸

063　平仄，诗词形式美之奇妙魔方

075　对仗，精严美的重要元素

089　诗词的错综美
　　　——关于写作技巧的一点思考

105　押韵，诗词形式美之第一要素

117　漫谈声律的作用

127　精深微妙的诗话

139　漫谈诗词唱和

149　波澜万古溯诗源

159　古体诗词的新生命论

177　宋词艺术新探

195　宋词流派说略

227　韵词彩绘映《红楼》

235　《南风歌》《卿云歌》，上古诗空的双子星座

241　说说对联
　　——中国诗歌最美的形式

247 《天保》九"如",新时代的伟大赞歌

253 陵阳,三星朗朗振诗风

263 独步词场的柳三变

275 《放翁词》的悲怆色彩

293 通才、绝艺与凄美恋情
　　——关于姜夔的二三断想

305 《清明》诗与杏花村

317 阿瞒横槊振诗风

323 清风万古陶彭泽

329 曹景宗的险韵诗

中华诗词，
人类文化的瑰宝奇珍

一

中国是举世无双的诗国。中华诗词有着最为悠久的一脉相承的历史。在这个国度里无数诗词巨星用自己充满高情大爱、美德与奇思的旷世名篇，在陶冶世人性灵、塑造民族性格、净化社会风气和焕发创新才能等方面发挥了至关重要的作用，使诗化的中华民族历劫不衰，以蓬勃的生命力勇立潮头，为人类文化与文明做出了巨大的贡献。

无数天才诗人将汉语言文字特有的声情意象之美发挥到了极致，使人见字而生感，闻声而动情，真正达到了老妪能解的地步。闻一多说："然则从西周到宋，我们这大半部文学史，实质上只是一部诗史。"日本汉学家神田喜一郎则说，中国诗歌不仅数量最多，而且质量也是世界上最高的。他还仔细考察出，1100多年前的嵯峨天皇时代，在宫廷里掀起了一股唱和张志和的《渔歌子》(西塞山前白鹭飞，桃花流水鳜鱼肥。青箬笠，绿蓑衣，斜风细雨不须归)之热潮，开启了彼国填词之风。嵯峨天皇和词："江水渡头柳丝乱，渔翁上船烟景迟。乘春兴，无厌时，求鱼不得带风吹。"这距张志和的原创，只晚了49年。法国的伏尔泰，也是汉诗迷。他极为佩服康熙皇帝为宣武门教堂题的对联:"无始无终,先作形声真主宰;宣仁宣义,聿昭拯济大权衡。"而且他还模仿乾隆碑上的题诗,写了一首"中国式"的诗给乾隆,而被传为中法文化交流的一段佳话。奥地利作曲家马勒(Gustav Mahler)依据7首唐诗,创作了轰动一时的《大地之歌》。美国的庞德(Ezra Pound)则根据中国古诗的技法开创了风靡全球的"意象诗派"。当代德国汉学家顾彬(Wolfgang Kubin)更说:"中国文学以其诗歌著称于世。上千年间,诗就是中国文人表达思想的手段……我们可以说中国文学史就是一部诗歌史……《诗经》《楚辞》不仅是中国早期文学的高峰,而且今天看来,仍然是世界文学的著名篇章。"

不过中国诗歌的源头不只是《风》《骚》,它应上溯到虞舜。据《尚书大传》《竹书纪年》的记载,在虞舜禅位于禹时出现了奇异的天象,他作了有名的《卿云歌》:"卿云烂兮,纠缦缦兮。日月光华,旦复旦兮。"根据我国"夏商周断代工程"的论定,此事发生在公元前2070年,距今已有4000多年。这是从太古洪荒中走出的华夏先民,第一次从审美的角度对光明的礼赞。它充分展示了人们对开创新生活的力量和信心。此后4000年中诗国的星空灿烂,涌现出像屈宋、三曹、陶谢、李杜、苏辛等数不尽的巨星。经过诗人点染的湖山,因此更显得高雅而妩媚,令人倾倒。1920年,罗素来到杭州西湖,面对着为白居易、苏东坡吟咏过的湖山,他赞赏不止说:"西湖的古文明,其绝顶之美赛过意大利。我相信中国人才是世界上最文明的人。与欧洲相比,我觉得中国充溢着哲理平和的气氛。"不正是这方充满诗情画意的山水,使得这位睿智的哲人为此动情吗?

二

中华诗词,作为为人类文化与文明做出了巨大的贡献及穿越古今的文化遗产,其成功之处,就在于它具有诗艺的特殊之美。诗艺之美,包括形式和内容两部分。

从形式上欣赏,其有乐感美、骈俪美与错综美,能把汉语言文字声情之美发挥到出神入化的地步。我国的古诗,特别是词,原来都是配乐的,其用字下句必须符合曲度要求,才能圆适动人。后来虽乐谱失传,但在择字行腔上仍要讲究抑扬抗坠与韵脚的回环,以造成珠走玉盘、八音畅协的艺术效果。如白居易的《琵琶行》与李清照的《声声慢》,读来声情相发,一片宫商。错综,是指情景、句式之多样统一的转换变化。它能加强作品的表现力。长短句比诗更具有优势,可以在一调之内长短互节,数句之间奇偶相生,使读者为之倾倒。如严仁的《醉桃源·春景》:"拍堤春水蘸垂杨,水流花片香。弄花嚼柳小鸳鸯,一双随一双。"况蕙风云:"描写芳春景物,极娟妍鲜翠之致。微特如画而已。政恐刺绣妙手,未必能到。"

从修辞学角度讲,汉字作为以形见义的特殊文字,它充满感情信息并保有与生活的暗喻关系,这是任何拼音文字不可比的。它按骈偶原则加以组合(如律诗)便能大增美感。如司马相如所说"合綦组以成文,列锦绣而为质。一经一纬,一宫一商",就能造成万花生春、五光炫目的艺术效果。比如读到"香稻啄馀鹦鹉粒,碧梧栖老凤凰枝。佳人拾翠春相问,仙侣同舟晚更移"(杜甫《秋兴》)之句,你能不为之神驰目醉吗?

从内容和意境上讲,诗词在抒情、状物、言志方面,更有优势。它能用最精练的语言塑造出最有深度、广度与艺术魅力的意象。如屈原的《哀郢》以"鸟飞反故乡兮,狐死必首丘。信非吾罪而弃逐兮,何日夜而忘之"来描述家国情结,堪称哀恸千古。曹孟德以"老骥伏枥,志在千里,烈士暮年,壮心不已"与"山不厌高,海不厌深,周公吐哺,天下归心"刻画其经纶国政的壮怀烈抱,又是何其动人。常建的《塞下曲》用"天涯静处无征战，兵气销为日月光"以赞美汉朝和亲政策带来西域的和平幸福，又是何等光昌壮丽。李白的《庐山谣》"登高壮观天地间，大江茫茫去不还。黄云万里动风色，白波九道流雪山"用散点透视手法将庐山的万千气象与作者的俊逸超伟之精神融会一体，使人读之有神观飞越之快。至于杜甫《春望》"国破山河在，城春草木深。感时花溅泪，恨别鸟惊心"之沉郁境界，苏东坡"九死南荒吾不恨，兹游奇绝冠平生"之洒脱情怀，以及黄山谷的"人鲊瓮中危万死，鬼门关外更千岑。问君底事向前去，要试平生铁石心"的坚忍不拔的意志，都是想落天外的妙句。

中华诗词就是这样一种无情不可达、无象不可尽的绝妙艺术，早已赢得全世界赞誉。中华诗词不仅值得我们珍爱，更应该列入世界非物质文化遗产去传承发扬。

……

激活传统话诗词

一

对于为人类文明进步做出了不可磨灭的巨大贡献的中华诗词遗产，我们在以敬慕的心情努力认真学习的同时，也要有与时俱进、推陈出新的历史使命感，承担起激活传统的历史责任，使中华诗词在传承中焕发出时代光彩。

萧子显在《南齐书·文学传》评曰："文章者盖情性之风标，神明之律吕也。蕴思含毫，游心内运，放言落纸，气韵天成……习玩为理，事久则渎，在乎文章，弥患凡旧。若无新变，不能代雄。"这是多么深刻、重要的美学理论。它涉及审美疲劳与传统惰性问题。萧子显主张文学必须开一代之新，续千古之雄风。这对于中华诗词也同样是适用的。任何文化传统都有一个继承、吸收与创新的过程，传统必须吸收时代新元素，加以激活，才能永葆其活力。

回顾中华诗词的历史正是如此。4000年前虞舜的《南风歌》《卿云歌》是所谓"兮"字体。这种形式到了屈原手里便发展成为鸿篇巨制的《离骚》，以及妙曼多姿的《九章》与《九歌》，内容、形式都产生了极大的变化，因而成就了与日月争光的千古之胜。以曹操为核心的建安风骨,则为日渐式微的四言诗体注入了积极向上的生命力,突破了《古诗十九首》的"忧生之嗟",而表现出一种全新的生命意识,如"老骥伏枥,志在千里。烈士暮年,壮心不已",以及"山不厌高,海不厌深。周公吐哺,天下归心"的奋发昂扬的生命价值观,从而响彻千古,大放异彩。

如何激活传统?我以为,首先是要宏开思路。时代的进步是伴随着思想而突破的,新的时代有太多的创造与期许,我们必须直面它、表现它,擂出时代的鼓点。比如鲁迅先生的"梦里依稀慈母泪,城头变幻大王旗。忍看朋辈成新鬼,怒向刀丛觅小诗"以及"横眉冷对千夫指,俯首甘为孺子牛。躲进小楼成一统,管他冬夏与春秋"都是对旧社会丑恶的批判,锋芒是何等犀利、切中肯綮。又如毛泽东的"丈夫何事足萦怀,要将宇宙看稊米。沧海横流安足虑,世事纷纭何足理。管却自家身与心,胸中日月常新美"(《送纵宇一郎东行》)与"江山如此多娇,引无数英雄竞折腰。惜秦皇汉武,略输文采,唐宗宋祖,稍逊风骚。一代天骄,成吉思汗,只识弯弓射大雕。俱往矣,数风流人物,还看今朝",其创新宇宙的襟抱与整顿乾坤的使命感又是何等气壮山河、光耀霄汉。一样的形式格律,在伟人的手中,便有焕然一新、发聋振聩的作用,这就是价值观念创新的结果。

其次是创新语言。司空图《二十四诗品》云:"如矿出金,如铅出银,超心炼冶,绝爱淄磷。"把诗的语言提高到从生活中采炼金矿的境地。出色的诗人无一不是超级语言大师,传世的名篇大都有惊人之句。比如孟浩然和杜甫的岳阳楼诗:

孟浩然的句:"气蒸云梦泽,波撼岳阳城。"10个字写尽了洞庭的水势与涛声。"蒸"字、"撼"字真是笔雄万夫。杜甫的"吴楚东南坼,乾坤日夜浮"可谓笼盖天下、包举宇宙之奇语。"坼"字、"浮"字笔力之健举又有谁能及?漱玉词人之《声声慢》,连用"寻寻觅觅、冷冷清清、凄凄惨惨戚戚"14个叠字。后面以"到黄昏、点点滴滴。这次第,怎一个愁字了得",全章用舌齿两声字多达57个。词人正是以啮齿叮咛的声口写其郁苦惝恍的心态。后人谓乃公孙大娘舞剑器手段,洵为允当。以声写愁,可谓前无古人。辛稼轩《清平乐·茅檐低小》:"茅檐低小,溪上青青草。醉里吴音相媚好,白发谁家翁媪。　　大儿锄豆溪东,中儿正织鸡笼。最喜小儿亡赖,溪头卧剥莲蓬。"写农家生活,情态活现,"小儿"两句写尽了稚子淘气模样。如此活灵活现的手笔,真是妙夺造化、画工难及之杰作。

二

技巧的精炼与改进,也是激活传统的重要内容。

中华诗词的无穷魅力,是同它表现技巧的进步密切相关的。如常说的起承转合的章法,起如凤头,要华丽;腰如猪肚,要丰满;结如豹尾,要有力度;都是深谙此道的经验之谈。

多转折,是诗文入妙之道。如唐无名氏《醉公子》词:

> 门外猧儿吠,知是萧郎至。刬袜下香阶,
> 冤家今夜醉。　　扶得入罗帏,不肯脱罗衣。
> 醉则从他醉,犹胜独睡时。

写一个女子等候情郎,由热盼、喜至到失望,和自宽自解的心理过程,真是冰火两重天。一句"犹胜独睡时",写出了几多无奈与爱的极致,可谓化俗为雅述情的极笔了。又如厉鹗的《归舟江行望燕子矶作》诗:

> 石势浑如掠水飞,渔罾绝壁挂清晖。
> 俯江亭上何人坐?看我扁舟望翠微。

诗写舟过浑如飞燕的矶头，与亭中人对望。末句"看我扁舟望翠微"，陈石遗老人解曰："十四字中，作四转折。质言之，为'看他在那里看我在这里看他看我'也。"只一句便将一种百无聊赖的寂寞情绪活画出来了。

词类的活用，也是一种强化表现力的手段。杜甫《船下夔州郭宿雨湿不得上岸别王十二判官》诗曰："晨钟云外湿。"叶燮云："俗儒于此必曰'晨钟云外度'，又必曰'晨钟云外发'，决无下'湿'字者。不知其于隔云见钟，声中闻湿，妙悟天开，从至理实事中领悟，乃得此境界也。"此为古人论通感之佳例。

换位和倒装也是增强表现力与陌生感的重要方法。如老杜："江山如有待，花柳自无私。"意即无私心的江山花柳等待着诗人来欣赏。王湾的"海日生残夜，江春入旧年"意为除夕将晓之时，已经感受到江上的春色句式之倒装。以曲折之涩笔，令读者增反复咀嚼之意致，皆深化诗意的手段。

意象叠加，是美国诗人埃兹拉·庞德学习中国诗而得出的创作妙悟。他提出"绝对不使用任何无益于表现的词，即用纯意象或全意象"，他的定义是："意象是感性与智性在瞬间的突然结合。"而最早提出这个理论的是李东阳（1447—1516）。他在《怀麓堂诗话》里说："'鸡声茅店月，人迹板桥霜。'人但知其能道羁愁野况于言意之表，不知二句中不用一二闲字，止提掇出紧关物色字样，而音韵铿锵，意象具足，始为难得。"可谓千古同心，真诗国佳掌也。

形式的通变也是激活传统的手段之一。对于精美无比的诗词形式，我们固然应当以敬畏的心情钻研学习，但并不是说必得固守雷池，不能稍有变化。从中华诗史由四言而五言、七言，乃至歌行、古风，足以证明突破形式的必要性。《钦定词谱》收词820余调，却有2300余体。《满江红》始于柳永，押入声韵，今有16体，大多押入声韵。南宋姜夔改押平声韵。"仙姥来时，正一望、千顷翠澜。旌旗共、乱云俱下，依约前山。命驾群龙金作轭，相从诸娣玉为冠。向夜深、风定悄无人，闻佩环。"大得声称，堪称千古绝唱。东坡《念奴娇·赤壁怀古》，被尊为宋金十大曲之首，而此调为东坡首创，有两体，另一为《念奴娇·中秋》，上片云："凭高眺远，见长空万里，云无留迹。桂魄飞来，光射处，冷浸一天秋碧。玉宇琼楼，乘鸾来去，人在清凉国。江山如画，望中烟树历历。"文从字顺，最为通行。不似赤壁词过片之"遥想公瑾当年，小乔初嫁了，雄姿英发"之伸缩字句，感觉拗口。其实《赤壁》词之艺术影响更为突出，这正是变通的魅力。毛泽东的《蝶恋花·答李淑一》,从用韵上讲,上片是"有"韵,下片用"虞"韵。对于这种变通,他是这样解释的:"上下两韵,不可改,只得仍之。"其理正同。

继雅开新谈作诗

一

中华诗词以其高情、大爱、美德、奇思，滋润和陶冶着人们的性灵，激活了人们的才智，点燃了人们创造的火花，丰富了人们的精神家园。继承和弘扬中华诗词优秀文化，诗词创作的继雅开新已成为时代的要求。

诗是与粗浅绝缘的高雅艺术。我国古老的《诗经》被尊为治国的典籍。诗人是君子与治国的栋梁。"不歌而诵谓之赋，登高能赋，可以为大夫。"孔子说："兴于诗，立于礼，成于乐。"诗是以礼乐治天下的重要手段。

对于这种高雅的传统，我们必须继承。诗要拒绝庸俗，拒绝不堪入目的低级趣味，当代诗人要举起高情远抱的旗帜，唱响时代的进行曲，礼赞民族复兴的钧天广乐。为此，必须作好开新这篇大文章。

如何开新？首先要摒除一切桎梏，让诗人在完全自由的心态下，放飞联想，点燃激情，焕发灵思妙想，铸造别开生面的新鲜意象。"诗文随世运，无日不趋新。"要培养诗人的敏感性，发现时代的症结与期许，并将其转化为动人的意象。这样的佳例，近代诗坛并不少见。比如龚自珍1839年写的《己亥杂诗》之一："九州生气恃风雷，万马齐暗究可哀。我劝天公重抖擞，不拘一格降人才。"此诗作于鸦片战争前一年。诗人敏锐地觉察老大昏聩的清朝危机四伏,发出了先觉者的惊天呐喊!

女词人吕碧城,在20世纪初旅美期间创作的《金缕曲·纽约港口自由神铜像》:

> 值得黄金范。指沧溟、神光离合,大千瞻遍。一点华灯高擎处,十狱九渊同灿。是我佛、慈航舣岸。紫凤羁龙缘何事?任天空、海阔随舒卷。苍霭渺,碧波远。　衔砂精卫空存愿。遍人间、绿愁红悴,东风难管。筚路艰辛须求己,莫待五丁挥断。浑未许、春光偷赚。花满西洲开天府,算当时、多少头颅换。翻史册,此殷鉴。

更是一阕杰出的自由之放歌。女词人充满激情,赞美照亮地府的自由之光,高翱于海阔天空的飞翔之乐。词中所展现的解放紫凤羁龙给一切生命以自由的境界,是何等崇高正义,真是发聋振聩的理想之歌啊!

对新事物的热情关注,更是开新的又一重要方面。在我们这个沸腾的时代,新事物层出不穷,诗人的彩笔应当责无旁贷地记录下这样的辉煌时刻。1963年夏承焘先生与谢无量、马一浮诸老应周总理之邀,出席国庆观礼,作有《玉楼春·北京看节日焰火,次日乘飞机南归,歌和无量、一浮两翁》:

> 归来枕席余奇彩,龙喷鲸呿呈百态。欲招千载汉唐人,同俯一城歌吹海。　　天心月胁行无碍,一夜神游周九塞。明朝虹背和翁吟,应有风雷生磬欬。

把天安门广场上的礼花光柱与百万群众狂欢的场面,写得如此激昂生动,充满奇情壮彩,是反映当代的杰作。

又如近人的一首反映曹妃甸建设的词《齐天乐·曹妃甸放歌》:

> 海疆福地曹妃甸,明珠焰光璀璨。造地吹沙,深洋筑港,伟矣中山遗愿。百年梦醒,正龙起沧溟,浪腾天半。牧海耕滩,钢城卅里顿时现。　　如山巨轮泊岸,看长波裸荡,暾旭红满。构厦云连,喷油浪涌,井架天连涛远。词流振笔,竞声铿金石,万花飞旋。四象三才,共齐声礼赞。

此词着重表现填海建厂的伟大工程与高科技大生产的惊人成就,在探索以传统形式表现新事物,展现时代新貌方面,也取得了突破,令人眼睛为之一亮。

二

表现技巧手法的创新,对于以形式美著称的传统诗词十分重要,是其擅胜之特长。

《诗经·车攻》有"萧萧马鸣,悠悠旆旌"之语。注者曰:"王之田猎,非直射良御善。又军旅齐肃,唯闻萧萧然马鸣之声,见悠悠然旆旌之状,无敢有讙哗者。"意思是说除了马叫与旗子飘动之声外,别无杂音,可见部队军纪之整饬了。这种于言外取义的手法是很独到的。

近人黄秋岳写大觉寺《四宜堂夜坐》诗云:"花光满院夕难阴,唯有松杉转法音。"是说四宜堂内两株二百年玉兰,亭亭白玉皸,发妙光明。天虽夕而余光灼照,入夜不阴,真是妙于形容的佳句,因融入现代光学原理而别开诗境,大受称赞。

近代词人况蕙风之《定风波》:"户网游丝浑是胃,被池方锦岂无缘?为有相思能驻景,消领,逢春惆怅似当年。""驻景",即时光凝住不动,以相对论的观念说明相思的特殊心态,笔涩而情重,亦前人未发之境。

词人蔡世平的《蝶恋花·情赌》,题下自注曰:"人与己设情赌:忘他一日,验情之深浅。皆闻'忘'落泪,毛发俱寒,不知心归何处。"词云:"删去相思才一句,湘水东头,便觉呜咽语。……应有天心连地腑,河山隔断鱼莺哭。"这种测试爱情的念头,精灵古怪,从头到尾都是超现代的非非之想。"天心""地腑"怎么连?"鱼""莺"会哭吗?俨然是庞德式的意象叠加与错乱语法的匠心移置。它确实大大加强了陌生、新奇之感。

老诗人刘征的《念奴娇·赠海若》也是别出心裁、异想天开的名作:

> 我猜海若,你准是,一个迷人女子。云做衣裳星作眼,更有柔情似水。那美人鱼,黄昏怅望,多半是姐妹。轻潮如唱,波澜一点不起。
>
> 然而也许不然,或为哲人,白发长拖地。秋水滔滔喻无限,河伯欣然而喜。几次来寻,未曾一见,为什么回避?怕惊佳客,微微一笑霹雳!

这不只构思高奇(俨然是庄子《秋水篇》新编),化裁口语如此本色自然，形象的塑造如此动人，铺垫反衬得何等强烈，真有直指奔心的超奇魅力。以传统诗词塑造如此人物，堪称凿破鸿蒙的杰作。

形式上的发展与突破，对于诗词的创新同样是必要的。在遵循诗词格律的基本形式下适当的突破，能在松绑的同时增加情趣，产生新鲜感。比如赵朴初的《某公三哭》之《秃厮儿带过哭相思·哭西尼》：

> 我为你勤傍妆台，浓施粉黛，讨你笑颜开。我为你赔折家财，抛离骨肉，卖掉祖宗牌。可怜我衣裳颠倒把相思害，才盼得一些影儿来，又谁知命蹇事多乖。　真奇怪，明智人，马能赛，狗能赛，为啥总统不能来个和平赛？……我带头为你默哀，我下令向你膜拜。血泪儿染不红你的坟台，黄金儿还不尽我的相思债。我这一片痴情呵，且付与你的后来人，我这里打叠精神，再把风流卖。

写的是政治题材，关于历史上的是是非非虽不同的人有不同看法，但作为诗家之创作却可谓尽态极妍，嬉笑怒骂皆成妙谛了。再比如任教金陵大学的卢前教授，针对有的新潮学生重洋文轻古典的现象，填了一首《一半儿》曲："拜伦戈德果如何？诗国新开碧眼科，李杜苏黄未必多。你知么？一半儿焉斯一半努。"也有异曲同工之妙。

　　1980年5月，日本"俳人访华团"来京。赵朴初仿日本人五、七、五音之俳句，易为五、七、五字之汉语而创为汉俳。其诗云："绿阴今雨来，山花枝接海花开，和风起汉俳。"有天成之妙，一时和者云集，传遍海内外。瑞典汉学家马悦然旅美期间创有《俳句一百首》，风行各国，用韵上更为开放。如："九月十一日，谁打开地狱之门，罪恶的黑手。"任意挥洒，极有风致，成了一种最短的流行诗体，丰富了诗歌的形式。这不是也很值得我们思索与玩味吗？

开新崇雅　再造辉煌
——中华诗词文化放谈

中华诗词是中国文学的瑰宝

中国是诗的国度,从我们国家文明开始的时候,我们甚至可以说,最早的文化朝霞就体现在诗歌上。我们现在讲中华文明,至少可以追溯到夏朝。夏禹,是从虞舜继承下来的。虞舜把一个太平盛世交给了夏禹,据说这时候天上出现了七彩的庆云,虞舜在这个庄严的大典上唱了一首《卿云歌》:"卿云烂兮,纠缦缦兮。日月光华,旦复旦兮。"这是在中国诗歌史上有文字记载的,而且又是在辉煌的历史时刻产生的,所以对于我们中华民族的发展有很深远的影响。辛亥革命后拿它做国歌。上海的复旦大学的校名即从此脱胎。"旦复旦兮",歌颂了中华民族辉煌的开始和连续不断。此外舜还写了一首《南风歌》:"南风之薰兮,可以解吾民之愠兮。南风之时兮,可以阜吾民之财兮。"意思是说:芬芳的南风,可以消除人民之烦恼;及时的南风,可以丰富人民的财宝。既讲了精神文明,又讲了物质文明。大舜的治国理政值得认真研究。他的《韶》乐,即当时的"交响乐"。孔子闻《韶》,三月不知肉味。孔子是美食家,吃的菜、肉,用的佐料一点都不能含糊。他听了大舜的音乐后,几个月吃肉都不知味道。所以说虞舜时代的礼乐文化是光辉的原典。在此之后进入《诗经》时代。

《诗经》中的作品不都是周代的,《豳风·七月》,应当是夏朝的,周还没有迁来岐山,还在"豳",陕北一带。《诗经》之后,"诗歌之父"屈原应运而生,他是中国第一个伟大的诗人。他的《天问》《离骚》《九章》《九歌》,真是一种奇迹的创造,发展到了极高的阶段。比如《国殇》:"身既死兮神以灵,子魂魄兮为鬼雄。"那样的悲壮激昂。几千年来一脉相承,永不言败,一往直前凝聚无比的力量。这种民族文化的特性,主要是通过诗歌这个载体得以表现和放大。抗日的《义勇军进行曲》鼓舞了多少人上前线杀敌。岳飞的《满江红》也是如此。虽然此词作者有争议,不一定是岳飞写的。夏承焘先生写过文章,理由之一是,岳飞孙子岳珂的《金陀粹编》收集了岳飞所有的资料,居然没有这一首词。理由之二是《满江红》里所讲的那些战略目标跟岳飞的战略方向完全不相干——"直抵黄龙府,与诸君痛饮尔",应该到东北去,怎么跑到西北去了呢?第三个是,在明朝之前没有任何记载。这个《满江红》是在明朝中叶出现的,而同时《全宋词》里有一首文天祥的《满江红》词作,也出现在明朝,说明文天祥的《满江红》也是假的。但不管真假,这是一首好词。中华民族的正气,中华民族的爱国情怀，得到充分发扬，而且在民间至少从明朝之后得到广泛流传。明朝到现在也有五六百年了，所以这首词不论是不是岳飞所作，它鼓舞着亿万人民为国家抛头颅，洒热血，是值得珍视的。

中国的诗歌到了汉代之后，日趋多样，南北朝之后名家纷起。中国历史上大英雄往往能作诗。诗歌是人的性灵的自然流露。诗歌首先要真，要有真情，要有激情。像楚汉相争时候，项羽的《垓下歌》几多悲壮："力拔山兮气盖世，时不利兮骓不逝。骓不逝兮可奈何，虞兮虞兮奈若何！"这是中国历史上第一对英雄美人的悲歌。（我认为中华文化中最后一对英雄美人是张学良和赵四小姐。）它充分反映中华民族的韧性、顽强的生命力和高尚的情怀。几多坎坷，六十多年煎熬中，他们活过来了。这是什么样的感情！张学良少帅不简单，赵四小姐不简单，相濡以沫，大放人格的光辉。

中国是诗的国度，有着极为昌盛的古代文明，在它的人文化成的进程中，诗是它意志的体现、历史的见证与发展的丰碑。五千年来，我们神明华胄，砥柱中流，生生不息，发展壮大，诗在当中起了重要的作用。爱国诗篇，陶冶高尚情操的诗篇，《诗经》《楚辞》流光溢彩，共同装扮出辉煌的诗歌天地，昭示着我们民族开拓和前进的精神。日本神田喜一郎说，中国的诗不但数量最多，而且质量也是世界上无与伦比的。这已是世界诗歌研究者的共识。像希腊的荷马，是盲人，他创作的史诗不是用文字记载的，他的史诗是歌唱文学，却晚于《卿云歌》。中国诗人产生那么早，文字产生那么早。中国诗歌的魅力和中国的汉语言文字有着密不可分的关系。正是这种汉字特具音、形、义之特美，才有美妙绝伦的汉诗。所以有人说我们中华文明不是四大发明，而是五大发明，第五大发明就是汉字。有人讲，如果没有汉字，中国不知道要分成多少个邦国了。尽管方言不同，但是文字都认识，这是一个强有力的纽带。而且汉字具有那么神奇美妙的表现力。比如"人"字，如果两个排一起，前面一个，后面一个，则是"从"字；如果把两个背靠背，反过来，就是"北方"的"北"字；如果一个正着，一个颠倒，就是"变化"的"化"字。光"人"字，位置不同，就变化多端。有个美国的语言学家，叫芬诺洛萨（Ernst F. Fenollosa），他特别欣赏中国的汉字。他说汉字呈现的是一个古代先民的生活图画，有强烈的暗喻与哲理意义。日本一些学者讲，用汉字写的警世语，比用片假名、平假名写的，给人的印象反应要快一倍半，比英语记录下来的要快三倍。汉字不光是声音符号，它能以形象撞击你的心灵和你的眼,所以汉字能给人最强烈的冲击。排列组合起来它能对仗、押韵。这诸多天生的要素,经过历代诗人的天才创造,于是乎找到了一个最好的诗歌表现形式。把一种思想、一种情绪、一种现象,通过诗的语言表现出来给人的感受就格外强烈和难忘,包括翻译作品。像裴多菲的那首诗:"生命诚可贵,爱情价更高,若为自由故,二者皆可抛。"这是革命烈士殷夫翻译的。可是原文的意思与这个有点区别,孙用先生也翻译过:"自由,爱情!我要的就是这两样。为了爱情,我牺牲我的生命;为了自由,我又将爱情牺牲。"它可能更准确,但谁记得它?殷夫可能不很准确,但他抓住了诗的精神,又用押韵的方式,就使人终生难忘。这就是传统诗歌的魅力。

再比如说韵调,马致远的《天净沙》"枯藤老树昏鸦,小桥流水人家,古道西风瘦马。夕阳西下,断肠人在天涯"是意象绝佳之作。之所以这么美,"韵"在当中起到很大的作用。如果去掉"韵"的因素,把次序颠倒一下:"老树昏鸦枯藤,小桥人家流水。瘦马古道西风,人在天涯断肠",要素没有变,还有味吗?这里头最神奇的、最美妙的黏合剂是"韵味"。所以中国诗歌的韵律之美,把我们的诗词打扮成倾城倾国的绝代佳人了。

汉语言的魅力，声韵的魅力，赋予诗歌无穷的表现力，比如孟郊的咏晓鹤之诗："如开孤月口，似说明星心。"多么生动、深刻，使人终生难忘。屈原的"鸟飞反故乡兮，狐死必首丘"，引起人们情感撞击：鸟兽尚且如此，何况人乎！现代诗人于右任，是国民党的元老。他由于诸多原因没有留在大陆，但他终生怀念大陆。晚年写过一首想念家乡人的诗："南山云接北山云，变化无端昔自今。为待雨来频怅望，欲寻诗去一沉吟。百年岁月羞看剑，一代风雷荡此心。莫把彩毫空掷去，飞花和泪满衣襟。"怀念故乡，一往情深，令人不忍卒读。再如叶嘉莹先生，加拿大皇家学会院士、加拿大不列颠哥伦比亚大学终身教授，她对祖国的感情特别强烈。粉碎"四人帮"以后，她常回北京。她有一首诗："构厦多材岂待论，谁知散木有乡根。书生报国成何计，难忘诗骚李杜魂。"正是诗词牵系了她爱恋故国的深情。她曾上书时任总书记的江泽民同志，提出要加强中小学生诗词教育，认为诗词教育能够使人的性格得到陶冶，智力得到开发。江总书记将她的意见批给时任副总理的李岚清同志。现在中小学课本中增加了很多诗词内容，就是叶嘉莹上书的结果。据泰国《星暹日报》的报道，从唐宋诗词中选十首脍炙人口的作品，第一首就是孟郊的《游子吟》："慈母手中线，游子身上衣。临行密密缝，意恐迟迟归。谁言寸草心，报得三春晖。"

我们中华诗词就是由这些天才诗人把人类最崇高、最真诚、最炽烈、最美好的感情通过一种极为美妙的意象定型而广为流传。这种诗歌对于我们民族性格的形成，对于我们民族文化的发展，起到极大的推动作用。闻一多先生曾经讲过，中国文学史在宋之前基本上是一部诗歌史。中国的诗歌对我们民族文化、民族艺术的影响，怎么估计都不过分。其影响不仅在中国，而且辐射到了外国。在20世纪60年代的欧美，兴起一股禅诗的风气。寒山、拾得、王梵志等几个诗人，在我国至多是二流诗人，却深为欧美人士欣赏爱慕。在工业文明的条件下，人作为机器的附属品太久了，要放松放松，于是他们要寻找一些不衫不履、放浪形骸的人物与意象，作为寄托，于是就在中国的诗歌中找到了这些回归山林的和尚作为灵魂的救赎。于是中国的禅诗在美国一时火起来了。在世界诗歌史上开宗立派的大诗人庞德，是意象派的始祖。庞德怎么会成为意象派诗人呢？他读唐诗，读中国诗，翻译了唐诗。庞德在一篇论文中说，要运用中国字形结构作为诗的内凝的涡旋力，要运用文化面上的并置来提高意象的视觉性，要使读者能感应其空间的对位关系。他的最有名的诗《地铁车站》是意象派诗的奠基之作，原来是30行，改了半年剩15行，一年以后原文压缩到两行："The apparition of these faces in the crowd, /petals on a wet, black bough."（人群中出现了那些脸庞/潮湿黝黑树枝上的花瓣）。竟在世界上掀起了巨大的波澜。他的根子就在中国，他在李白等人的作品中找到灵感与启发。

再早一点，在欧洲，德国是介绍中国文化很有成就的国家。在康熙年间，德国的莱布尼茨就写过很多关于中国的论文。他把康熙比作中国的圣人。后来，德国的汉学家在欧洲对传播中国文化起了很好的作用。近人如季羡林、陈寅恪、乔冠华等都是留德学者。

20世纪初一个奥地利音乐家古斯塔夫·马勒，从德国人翻译的唐诗《中国之笛》里得到灵感，从而创作了一部交响曲《大地之歌》。这首曲子被列为20世纪前十部最有名的交响曲之一，1998年到中国演出，李岚清副总理观赏了。这十首诗中有李白、王维、王建、孟浩然的，有两首没对上号，李岚清同志让人查一查《大地之歌》的出处。我查了很久，没有结果。后经媒体报道，引起一阵轰动，最后大家努力查出一首是钱起写的，还有一首号称是李白的《青春》，翻遍《全唐诗》，在网上也没能查到。经过研究,我认为这是法国女诗人戈谢(Judith Gautier)模仿李白而作的。这是文人的狡狯。文人是爱耍点小聪明,弄些狡狯的。比如红学家周汝昌先生在20世纪70年代就宣称"发现"了曹雪芹的佚诗(其实是他的戏作),另一位大红学家吴世昌信以为真。他不相信周汝昌写得出这样的诗,两人因此绝交。

中国诗歌在历史上起了极大的作用。炎黄子孙强国兴邦的意志经过苦难的磨砺,愈显示出其深沉博大的理念,充实光辉的品格。谈到中国文化,我认为中国文化中的原典内容博大精深,至少有以下几个方面:一个是"天下为公"的大一统思想,一个是"四海一家"的博爱观念,一个是"自强不息"的进取精神,一个是"多难兴邦"的忧患意识,以及"天下兴亡,匹夫有责"的爱国主义情感。这些是中国文化之中的精华。几千年来,中国能够屹立于世界,就是有这样一种精神。我们中国的国家观念是通过自己的家同国联系起来的。中国的国由家庭扩大而组成,中国人的国家观念、民族观念特别深沉,无法割舍。爱国主义是民族文化中十分重要的内容,不论国运如何艰难、困厄,它都能在逆境中凝聚民心,鼓舞士气,振奋精神,夺取胜利。所谓"国家不幸诗家幸,赋到沧桑句便工",民族危难的时候,诗人的诗歌更能激励人心。从荆轲的《易水歌》到秋瑾的《宝刀歌》，这种激昂悲壮之诗，能唤起强烈的中华正气，激励人们赴汤蹈火。

中华诗词已成为民族文化的瑰宝。它讴歌壮丽山川、英雄气概、崇高理想，在漫长的历史中潜移默化，不断刻勤，反复观照，对于我们民族的价值取向、行为方式、审美情趣以及思维方式造成深远的影响。诗词中的秦汉精魂、唐音宋韵早已积淀成民族性格的一个部分。诗词是无数才人呕心沥血为我们构建的一个辉煌的历史画廊。它光彩纷呈，美不胜收。中国诗人写诗、读诗，都要吟诵，吟诗诵词是构思的手段，也是欣赏时入境的必要过程。中国的吟诵与日本不太一样。日本的许多文化是由中国传过去的，这些传过去的文化经过日本性格的改造，都起了变化。日本将吟唱当作一项健身运动，大家齐唱，很投入，与我们传统诗人的浅吟低唱韵味不一样。

吟诗有黏合作用。诗要感情投入，甚至是爆发。作诗、欣赏都要有激情。

当代诗词是文化上的一道异彩纷呈的风景线

植根于民族文化沃壤中的诗歌，代有才人各领风骚。

比如夏承焘先生就是当代一座高山。旧体诗词在当代中国，并不荒芜，夏先生就是一个辛勤而卓有成就的开垦者。夏先生自学成才，没有名师指导，但他的诗词造诣，在年轻时已备受大家推重。这告诉我们，文凭不是绝对的，"一代聪明要自开"，关键在自己。夏先生十五岁填词，有"鹦鹉，鹦鹉，知否梦中言语"，很巧妙，有韵味。1958年"大拔白旗"时我读到他一首诗，极为钦佩他对青年人的爱护与鼓励，（诗云："云栖高处记幽寻，一语相开胜苦吟。我爱青年似青竹，凌云气概要虚心。"）就决心找他，立雪程门。夏先生是一代词宗，对诗词的开拓创新，贡献突出。他的《天安门城楼看焰火》气象阔大，豪迈奔放，前无古人！他描写西湖的佳句如"秋水不能画，西子有明眸。醉人千顷波碧，临镜欲横流"，真是妙极、美极。夏先生写富春江的词，尤其令人叫绝："万象挂空明，秋欲三更。短篷摇梦过江城。可惜层楼无铁笛，负我诗成。杯酒劝长庚，高咏谁听？当头河汉任纵横。一雁不飞钟未动，只有滩声。"真是风月同天，一片化机，一唱三叹！

传统诗词在"五四"时期被胡适等留学生横扫了一下，受到很大冲击。文学革命实际上从诗歌革命开始，要废掉旧诗，要废掉汉字，要把汉字改成别的文字，要搞拼音化，甚至宣称"汉字不灭，中国必亡"，好像中国落后，就是因为诗词造成的。当然他们的出发点还是好的，要为积弱的中国找一条出路，因此归结到传统文化上去。传统文化肯定有落后的一面，但主要落后的不是文化，而是封建制度。中国文化有落后的，难道外国文化就没有落后的吗？文化需要渐进，要变革，而不是"文化革命"。这些口号当时有识之士并不赞成。有个怪人辜鸿铭，他懂英、德、西班牙很多文字，汉学底子也厚，但却是极端国粹主义者。他到过很多国家，德国威廉皇帝为其授勋，他最早将《论语》翻译出去，还精通洋务、科技，对于西太后的腐败敢于直言。他写过一首爱民歌："天子万年，百姓花钱。万寿无疆，百姓遭殃。"讽刺西太后做寿。对于胡适的"文学改良"他极端反对说："以前的人都说'从良'没有说'改良'，你既然已经是'良'了，你还'改'什么？你要改'良'为'娼'吗？"他资格老，权威大，胡适奈何他不得。

"五四"挟着革命的气势，横冲直撞，人家都不大敢碰它。中国的理学实际上是中国文化的根子之一，怎能简单否定！我认为中国的哲学在北宋达到一个高峰，把儒家思想发展到新阶段。张载讲"为天地立心，为生民立命，为往圣继绝学，为万世开太平"，境界高得很。

毛泽东讲"大同"思想，孙中山讲"天下为公"，邓小平讲"小康"。政治家、领袖都从传统文化中得到启发、鼓舞。这是马列主义的态度。毛公继承发扬了传统，但对"五四"不敢多碰。

"五四"剥夺了人们使用文言创作的话语权，是不是有点语言上的霸权主义？现在能不能说文化霸权主义都消除了？报纸上一般不发表旧体诗。他们不懂。有些人甚至认为旧诗不能入文学史。我与他们争论过。时代向前发展，现在旧体诗入史问题基本解决了，但入多少还是问题。

诗歌创作要绝对自由，中国知识分子、艺术家应该有这样一个环境。人格独立，思想自由，是人文学术发展的前提，在艺术创作里要有真性情、真见解。

毛泽东虽很喜爱旧体诗，却说在青年中不宜提倡，也还有框框。但没有说不能写。多亏他写点诗词，为斯文留一线生机。毛泽东的诗词有些非常好，有极精之品，与唐宋名家相比毫不逊色，气魄能笼罩天地。所以诗词的生命才能延续。

在粉碎"四人帮"的前夕，吹响战斗号角的旧体诗就是《天安门诗抄》。虽百分之九十以上不合格律，但是老百姓喜爱这种形式，短小精悍，用它来表达了火山爆发般的愤怒。传统诗词为政治斗争大显身手。它既昭示了"四人帮"必将崩溃,也昭示着传统诗词大声镗鞳地登上了历史舞台。"四人帮"垮台,政策得到调整。1984年成立中国韵文学会,1987年成立中华诗词学会。群龙有首,百花怒放。现在中华诗词学会全国有3万多人,其中不乏年轻人。2001年4月份,在北京与中央电视台、北大、清华、北师大、广播学院等几家单位联合举行学术研究会。年轻的教师、大学生很踊跃,青年学生有些酷爱诗词,而且形式格律非常"正宗",恪守"平水韵"者有之。在这个问题上,敝人主张宽松一点,搞"诗词通韵",可以在词基础上更为放宽。

今天的诗词可说是后继有人,各省市诗词作者和爱好者有百万大军。《中华诗词》杂志年发行22000份,自负盈亏,还略有盈余,在作协系统是一枝独秀。2001年举办了全国第十五届中华诗词研讨会。诗词大赛在全国搞了几次,多的一次三四万人参加。虽然实际水平还不高,但十分活跃,是文化上一道动人的风景线。

中国的诗歌向国外辐射

中国与日本的关系比较密切。我们曾接待了一个日本的吟唱代表团，团长叫棚桥篁峰。他来中国访问上百次了，每年来中国四五次，每次都带来很多日本老人。他们写诗的少，唱诗的多，舞着剑唱。在日本热爱汉诗吟唱的人有几百万，比我们多。日本家庭妇女为提高文化修养和素质，从中华文化中来寻找方法，这方面搞得很好。

从国外来讲，我写过一篇文章叫《寻找丁敦龄》。丁是山西秀才，1862年随着英法联军去了法国。当时要编一部汉法字典，他带着《康熙字典》去的。丁敦龄后来与法国科学院院长闹翻，被巴黎大诗人戈蒂耶（T. Gautier）收留，教其女儿汉语，并做戈蒂耶的秘书。丁敦龄所教的女生叫戈谢，是法国第一个龚古尔学院女院士，是法国文艺沙龙中很耀眼的人物。她之所以取得这些荣誉，就是因为她介绍中国文化，翻译了中国诗，包括唐诗在内，诗集叫《玉书》，又写了反映中国面貌的《御龙传》。她的翻译受到雨果、福楼拜的推崇，很快在欧洲大陆流传。丁敦龄这个人对于中外文化的交流做出了很大贡献，但却默默无闻，甚至还被误解，被歪曲，希望有人提供关于他的线索，好进行研究。

二十一世纪人文的走向

21世纪以来生产力极大发展，战争的阴影也渐渐地淡去，大战没有，小战可能还有。21世纪人们生活更加理性，生活必然更加富裕。在这个前提下，文化必然会得到很大的发展，因为生存温饱的斗争已经不是主要问题，提高生活的品位与质量，成为大众的诉求。在这个前提下，整个的人文思潮的走向应当是一方面开新——开辟新的领域，表现新的境界，获得新的知识，一方面是崇雅——回归到传统的精华中去。有人说1988年在法国巴黎召开了一个由诺贝尔奖获得者参加的集会，在会上有人提出，21世纪人类文明如果还要得到长足发展的话，就要借重东方中国的孔子的智慧。不论提到的是孔子还是老子，总而言之，中国的、东方的文化是越来越被人们重视了。英国历史哲学家汤因比，就是这样一位代表人物。他明确无误地讲，未来社会要发展，就要倚重中华的文化。在这方面我们中华民族确实能够给世界很多的启示。印度也是了不起的民族，它曾经非常辉煌，国家的教义、经典，那样精深，令人吃惊。可惜以后断流了，甚至文字都没有了，梵文现在已退出历史舞台了，以致印度有些文化、历史要在中国史书里找寻。

柬埔寨有个吴哥窟，百年前被法国人发现，丛林里有如此辉煌庄严的建筑，当地人竟不知道，以为是上帝造出来的。结果谜底是怎么揭出来的呢？在中国元朝周达观著的古书《真腊风土记》里，写到某年某月在这里见到这个皇帝，皇帝是怎么出行的，当时建筑怎么样，记载得清清楚楚。所以用汉字书写的文献是世界古代文明的骄傲。

在新的世纪、新的时代，对中华文化的再认识将随着中国国力的蒸蒸日上而大大发展。如果说欧洲的文化因为希腊的文化而得到复兴，那么，中国文化的复兴，也必然要对中华传统文化再认识、再开拓，它带给世界文化的冲击和影响将不会低于文艺复兴。所以开新和崇雅，我认为是21世纪人文思潮的走向，而在这当中，诗歌必然扮演着重要的角色。我们应当再造辉煌，写出无愧于这个时代的华章。

放宽韵脚　高唱新声
——百年历史的回眸

一

荷载着巨大历史辉煌的传统诗词，一进入20世纪，就遭到了时代风暴的猛烈冲击。胡适在《建设的文学革命论》中断言"中国这二千年只有些死文学，只有些没有价值的死文学"，并且提出了"文须废骈，诗须废律"的废止文言的主张。他在《尝试集自序》中说："诗体的大解放，就是把从前一切束缚自由的枷锁镣铐，一切打破。"并扬言："文学革命的手段：要令国中之陶谢李杜敢用白话京调高腔作诗……文学革命的目的：要令白话京调高腔之中产出几许陶谢李杜。"他认定："死文字定不能产生活文学"。他要废弃文言诗词，另起炉灶"练习白话韵文"去"新辟一文学殖民地"。他的主张得到了陈独秀的积极响应。陈独秀立即揭举出"三大主义"的大旗为之声援，并表示："有不顾迂儒之毁誉，明目张胆以与十八妖魔（指明前后七子及归、方、刘、姚等古文家）宣战者乎？予愿拖四十二生（厘米口径）的大炮为之前驱。"另一员"新文化运动"之猛将钱玄同则更进一步，他极力推行拉丁化新文字。由废止文言发展到废止汉字，有所谓"汉字不灭，中国必亡"之论，甚至更为极端地提出废去中国话，改用别种语言。一时言论之激烈，气焰之威猛，真有波荡四海、动摇人心之作用。风气所及，1935年在上海成立了中国新文字研究会，其宣言中称："汉字好比独轮车，国语罗马字好比是火轮船，新文字好比是飞机。"就连陕甘宁边区也成立了新文字协会。当时边区政府规定干部扫盲，必须先学三个月新文字，再学其他文化。在这样的文化思潮冲击下，汉字存亡都成了问题，诗词命运就可想而知了。

然而，集中体现汉字文化声情意象之美的古体诗词自有其顽强的生命力和广大的群众基础，又岂是留学归来的理论家们偏激之见所能否定得了的？"五四"以后，表面上看，诗坛成了新诗的天下，但传统诗词作为一股伏流，仍在群众中有力地涌动着。"文革"后期，在与"四人帮"的殊死决斗中，在天安门广场上，诗词如海涛怒涌，投枪齐掷，发挥了某种号角的作用。粉碎"四人帮"以后，随着改革开放新时期的到来，传统诗词更如枯木逢春，新机勃发。即以"回归颂"中华诗词大赛而言，征稿百天，来诗五万，上至年逾百岁的世纪老人，下有不到七龄的垂髫稚子，地涉欧美，国及多邦，真可说是盛况空前了。当然，吟坛之活跃，不等于诗词已经振兴。传统诗词如何推陈出新、表现时代，仍是摆在当代诗家面前的一大课题。"五四"枭将们一百年前提出的挑战，必须用事实做出回答,以证明其生命活力与艺术价值。当代诗人应当站在时代前列用富有创造性的形式和语言去表现缤纷的万象,感应大众的忧乐与追求。只有这样,传统诗词才能摆脱古董鉴赏的尴尬而进入主流文艺的行列。诗人们必须提高理论的自觉,磨炼艺术的敏感,增强表现的力度,以创作出无愧于时代的鸿篇佳作来。

二

当今诗坛上,议论较多的是韵律问题,有主张诗词分韵一仍旧规的严守派;有主张诗词通韵、放宽韵脚的改良派;还有主张取消入声,以普通话押韵的新韵派。无论是严守旧章的古韵派,还是另起炉灶的今韵派,作为一种艺术流派都应有其存在、发展的理由与权利。特别是后者,因其贴近时代,易记好学,便于掌握,更应加以鼓励和提倡,使其日臻完善。但是一种韵式的成熟,新旧之间的转轨,都不是一蹴而就的。从沈约、周颙的永明体,到唐人律式的确立,就经历了二百多年。这里有一个接轨与磨合的过程,要有一大批示范性的佳作以加速认同的过程。如无李杜元白等杰出的样板示范,近体韵律能否在唐代获得一致认同还很难说。这不仅是一个理论问题，更主要的还是一个实践问题。只有大批杰作涌现，才能推动它的流行。从一定意义讲，《诗韵集成》和《词林正韵》的问世，就是这样的产物。相反，一些靠行政力量推行的韵书如《蒙古字韵》与《洪武正韵》，其命运却并不美妙。考虑到当今的诗坛，在韵律上短期内难以整齐划一，不妨多轨并行。一方面可组织力量编制新韵，提倡以今韵作诗，甚至可组织新韵诗赛、开辟新韵栏目；另一方面，对于习用旧韵者亦不必加以限制。八仙过海，各显神通，岂不更好？

当然，用旧韵作诗，也有值得研究和加以改进的地方。由于语音的变化，许多唐宋人念来上口的字词，今天读来已不顺口了。宋人填词不遵诗韵，就是为了增强耳听口诵之美感。因此，放宽韵脚，向口语靠拢的呼声日益强烈。我认为这种改革是必须的，而且条件已臻于成熟。个人主张以"尊重传统，切合实际，宽处着眼，音声调利"的原则来推动这种变革。在我国文苑中，诗词是基本的方面军，诗律定型于唐，词律定型于宋，一脉相承，千年不废，直到今天还有那么多人如醉如痴地研习着和创作着，这是多么强大的磁场效应，多么有力的艺术生命，多么奇特的民族凝聚力的体现！对于这个宝贵的传统，我们应当倍加珍惜，维护它，尊重它。我们只能补台，不能拆台。对于废止旧韵、推倒重来的主张，恕我直言，就有一点拆台的味道。当然由于古今音变，有些韵部起了分化，如"元"韵的"门""言"，"灰"韵的"回""台"，"支"韵的"儿""饥"，今天已不同韵，而"东"与"冬"，"江"与"阳"，"寒"与"删"，"先"等部却又变得基本一致。至于入声诸部，在普通话里已经消失，在方言中也处于弱化与歧化过程中。语音变了，还抱住旧韵不舍，宁肯棘喉刺耳地硬押，未免有点不知权变了。我认为今人作诗不应违背上口入耳的基本原则。这就需要在韵部上做必要的调整。这已成为当今的急务了。当然，诗人押韵，以"美听"为主，不必如审音学家的苛分细别，只要韵脚大致相同、相似，读来上口调利即可。我国韵书向来分两大类。一类以审音为主，如《切韵》《广韵》《集韵》等，严辨等呼，细分清浊，这属于音韵专门之学，非一般文士所能通晓。另一类则为诗家拈韵之书，如《壬子新刊礼部韵略》《平水韵略》《诗韵集成》《词林正韵》等，归韵较宽，并可近韵通押，为诗家押韵提供了较宽的选择余地，在一定程度上避免了"韵部繁碎""徒拘桎于文辞"（《广韵》卷首"论曰"）的弊病。今天我们讨论诗词用韵，应当从创作的角度出发，宽处着眼，去构建一座音声调利、意象佳美的殿堂，为当代诗词开拓出特具新机的艺术天地。

三

诗词应当放宽用韵，这是解放诗词创造力、吸引诗词爱好者的一个必要的步骤。回顾历史不难看出，汉语声音上存在着明显的趋同走向。成于隋仁寿元年（601）的陆法言的《切韵》，收字12158个，分隶于193个韵部。唐人孙愐的《唐韵》，改定本成于天宝十年（751）按开合口的不同，分别设韵，共有207韵。这是分部最细的韵书。宋初陈彭年重修的《广韵》为206部。韩道昭的《五音集韵》，成于金崇庆元年（1212），它根据北方的实际语音，将《广韵》的206部合并成160部，稍后的《壬子新刊礼部韵略》则归并为107部。王文郁的《平水韵略》与此书基本同时，它把上声的"拯"韵、"等"韵并入"迥"韵，共106部。明初的《洪武正韵》，平、上、去三声各22部，入声10部，合为76部。至于词曲的用韵，因为贴近口语，韵部更为简省。宋人朱敦儒曾拟应制词韵16条，外列入声4韵，不过20韵。绍兴二年（1132）刊印的《菉斐轩词林要韵》分19部，清人戈载根据前人词作归并而成的《词林正韵》亦为19部（前14部辖平、上、去3声，后5部为入声）。这种合并的倾向，甚至在宋元时代的韵图中已有反映。如元刘鉴的《切韵指南》把各个韵部归纳为16摄，凡主要元音相近、韵尾相同的都归为一摄。如将"元""寒""桓""删""山""先""仙"诸韵归入"山"摄，将"覃谈盐添咸衔严凡"归入"咸"摄，将"庚耕清青"归入"梗"摄等，都是这种总趋势的体现。以上这种韵部的走向同现代汉语所确认的13辙和18韵系统是一脉相承的。作为一个时代的歌手，我们又怎能故步自封，置身于这个潮流之外呢？

从创作实践上考察，真正有才气的诗家，大都能突破陈旧的韵目限制，根据感情的节律和口语的乐感而别创新声、自铸伟词。即以严于审音的沈约来说，其《九日侍宴乐游苑》诗中："天""川""泉""丹""寒""澜"诸字相押，是以"寒""删""先"诸韵相协。李白的《蜀道难》，前段13韵，连用"先""元""寒""删"4部之字。李商隐《骄儿诗》乃以入声"质""物""月""屑"4部相押。东坡《岐亭诗》凡26句，而全押入声7部之韵。就连被诗坛尊为极则的杜甫，其《新安吏》以"兵""丁""城""伶"为韵，是以"庚""青""蒸"通押，其《崔氏东山草堂》七律，用"真"韵，而三联用

"芹"字，则为"文"韵，也未免越"轨"。大家多破体，千年以上的古人尚且不避，何况音韵变异的今天？我们更应当冲破藩篱，从活泼的语言实际中烹炼诗意，高奏新声。过去有一个志明和尚爱写打油诗，他的一首《猫诗》便很有胆识："春叫猫儿猫叫春，听他越叫越精神。老僧亦有猫儿意，不敢人前叫一声。"和尚怀春（当然这是浅层的理解），那还了得，他竟然写出来了，可见大胆。这里"春""神"属"真"韵，"声"属"庚"韵，不在一部，他也押了，谁会觉得别扭呢？鲁迅先生的旧体诗是大家公认的佳作，然而用韵上亦多有突破。如《赠画师》："风生白下千林暗，雾塞苍天百卉殚。愿乞画家新意匠，只研朱墨作春山。"意境雄深，洵称绝作，然"殚"在"寒"韵，"山"在"删"韵，这又有何不好呢？再如毛泽东的《十六字令》："山，快马加鞭未下鞍。惊回首，离天三尺三。""三"为"覃"韵，与"寒"韵之"鞍"，"删"韵之"山"相押，读来但觉一片化机，令人神观飞越，试问还有什么更好的押法么？

四

在韵目的构建上，可以词韵为基础，适当调整，实行诗词通韵,保留入声。诗词通韵,说过很久了。已故的华钟彦先生提倡最力,论述甚精。他主张以词韵为诗韵,把"侵""覃"二部并入"真""寒",再把"东""冬"与"庚""青"蒸相合,变平声14部为11部,持论精辟,功省而易行,在诗词界引起了很大反响。诗韵,是非改不可了。因为被奉为圭臬的平水韵,太脱离语音实际,编排又不合理,不少韵部同韵不同音,同音不同韵,易混难记,非老于此道者,离开韵本极易出错。行吟之乐,变成了辨韵之苦。这种痼疾实在应当痛下针砭,予以革除。至于少数诗家,工于旧韵,自可相仍不改。就像作险韵诗一样,因难见巧,固亦无妨。

其中入声是一个特殊的问题。入声在普通话中已经消失,那么还要不要保留它呢?我以为保留为好。因为在普通话以外的方言区,如江、浙、闽、赣、湘、鄂、粤、桂以及川、陕、晋、甘部分地区的方言都存在入声,涉及数亿人的语言,不是一个简单的小局。至于港、澳、台以及海外几千万华人的语言中,大都存在入声。而且从研习古诗词来说,不懂入声,终有雾里看花,难以到位之憾。何况创作诗词,特别是写词,有的词牌必用入声韵。如丹凤吟、大酺、兰陵王、凤凰阁、三部乐、霓裳中序第一、应天长慢、西湖月、解连环、曲江秋、琵琶仙、雨霖铃、好事近、暗香、疏影、凄凉犯、淡黄柳、惜红衣、尾犯等等皆是。非入声不足以尽其特具之美，这也是填词者必须考虑的。辨析入声，对于普通话区的人来说，有相当的难度。这主要是派入平声的入声字问题，平水韵入声17部共1907字，常用者570字，转入阴阳平者254字。对这250余字要加以解决，办法是甄别、训练。首先把它们从平声字中区别开来，进行归位处置，即归到入声韵部，再像学外语单词一样，单个教练，练习一段时间，就可以基本过关。不解决入声问题，辨平仄就很麻烦，这是一个必须攻克的堡垒，是一项基本功。作为一个诗人，应当掌握一定的技巧，下一番苦功夫。变荆榛小路为康衢，不是也很值得吗？

　　对于华钟彦先生提出的韵目，我认为可以作为一个基础，再加以适当的调整。关于平声11部可以维持不变，但对"支""微""齐""灰"各韵歧变之字加以微调。如将"支"韵的"离""奇"一类并入"齐"下，将"齐"韵的"嘶""撕"归入"支"下等，以求接近语音实际。在入声方面，则应大加归并，考虑到古人的用韵情况与今天的入声现状，我觉得不必细分，最多分为3部，即将"屋沃"与"觉药"合并，将"合""洽"与"物""月"等韵合并即可。这样比较简括，也易于掌握些。因为以入声押韵多见于词中，而词人押入声者，随意性很大，跨韵之事，屡见不鲜。如李白《忆秦娥》："咽""月""色""别""节""绝""阙"相押，是"职"与"月""屑"通押，即十七与十八部合韵了。晏几道《六幺令》："阁""学""觉""掐""答""押""霎""蜡""角"相押，是"觉""药""合""洽"相押，即十六与十九部通押了。东坡的《念奴娇》："物""壁""雪""杰""髪""灭""发""月"相押，即十七与十八部通押。黄山谷《念奴娇》"最爱临风笛"与"坐来声喷霜竹"相协，是十五与十八部通押。稼轩《金缕曲》："快直上昆仑濯发，惟是酒，万金药"，是以十八部与十六部通押。连守律綦严的姜白石，其《庆宫春》下片："采香泾里春寒，老子婆娑，自歌谁答。垂虹西望，飘然引去，此兴平生难遏。酒醒波远，政凝想，明珰素袜。如今安在，唯有阑干，伴人一霎。""答"合韵、"霎"洽韵，在十九部；"遏"曷韵、"袜"月韵，属十八部，也是跨部相押。可见入声的押韵，在宋代已十分宽泛。时越千年，入声日趋弱化，今日用韵，应以从宽为好，基于上述考虑特将韵目设定为如下14部：

1. 东、冬、庚、青、蒸

2. 江、阳

3. 支、微、齐、灰

4. 鱼、虞

5. 佳（半）、灰（半）

6. 真、文、元（半）、侵

7. 元（半）、寒、删、先、覃、盐、咸

8. 萧、豪

9. 歌

10. 佳（半）麻

11. 尤

12. 屋、沃、觉、药

13. 质、陌、锡、职、缉

14. 物、月、曷、黠、屑、叶、合、洽

当然，正像世间没有不变的事物一样，汉语音韵也在不断变化之中。上述韵目的设定，是针对这一特定历史过程的语言现象而编制的，试图在古韵与今音的递变过程中建立一组坐标，供诗人用韵参考。语音现象十分复杂，方言异读，变化多端。作为传统诗词的韵目，它面对的主要是书面的文言，而且大多是根据粗线条的近似值来确定的。韵部分得太细，不利于抒发文思。我们希望新的韵书能为大家提供一个比较广阔的音韵的空间，让当代诗人能摆脱羁绊，纵横驰骋于时代风云的艺海与文场中，长抒彩笔，高奏新声！

平仄，
诗词形式美之奇妙魔方

一

声韵，是传统诗词音乐美的主要因素。

古体诗都是押韵的，它通过韵脚的呼应，造成一种回环的乐感美。声，指声调的平仄变化。一字一音一调的汉字，为我国诗词提供了极佳的音乐外壳，赋予它一种顿挫的美感。平，指平声（含阴平、阳平）。仄，指上声、去声与入声。上古无上、去。黄季刚曰：秦汉以前只有平入。魏晋以后始分上、去。南齐永明年间，沈约、谢朓、王融、周颙以四声八病论诗，乃有平上去入四声之目，遂为定制，益显汉语之美，乃得风行天下。比如白居易的《琵琶行》："间关莺语花底滑，幽咽泉流水下滩。"以及李清照的《声声慢》："梧桐更兼细雨，到黄昏、点点滴滴。这次第，怎一个愁字了得。"象声之妙，述情之贴，真足以颠倒造化。正如叶恭绰所说："第文艺之有声调节拍者，恒能通乎天籁而持人之情性，此殆始终不可以废。"但精研韵律、制定方案则始于南齐永明年间的沈约、周颙等人。到了唐代，才探索出了一套雅俗咸宜的平仄变化之程式，千余年来一直流行，至今不废。

这套规则，骤看似乎变化繁多，有如魔方，但其基本要领却不复杂。前人所谓"一三五不论，二四六分明"

可视为入门的要诀。五、七言律诗、绝句的平仄，关键在于二、四、六字（五言二、四字）的安排。我把它概括为以下三条：

第一条，一句之内平仄相间。就是说二、四、六字的平仄要彼此不同。如果二字仄，四字必平，六字必仄，以相区隔。例如李白的《早发白帝城》首句"朝辞白帝彩云间"，二、四、六字为平、仄、平。韦庄的《台城》首句"江雨霏霏江草齐"，二、四、六字为仄、平、仄。这种平仄相间的规律是必须遵守的。

第二条，一联之内平仄相反。何谓一联？上句与下句叫一联。拿绝句来讲，一、二句是一联，三、四句是另一联。上下句之间的平仄必须相反。如李白《早发白帝城》诗二句之"千里江陵一日还"，韦庄《台城》诗二句之"六朝如梦鸟空啼"，皆与其上句相反。

第三条，两联之间平仄相粘。相粘，即相同。具体说上联的下句与下联的上句（即二句与三句）二、四、六字的平仄应当相同。如李白诗之"两岸猿声啼不住"，韦庄诗之"无情最是台城柳"，皆与其上联平仄相同。至于第四句，则属于第二条范围，按"一联之内平仄相反"的规定安排。

这种有规律的变化，体现了多样统一的美学通则，以凸显节奏的错综之美,把汉语声情之妙发挥到了极致。

当然"一三五不论"不是绝对的,有三种情况必须变通。这就是:避三平、避孤平、讲拗救。"避三平"是指句末三字不能连用平声,即七言的第五字、五言的第三字不可用平声字,否则会出现"平平仄仄平平平"与"平仄平平平"之句型。平声太多,听来不美了。"避孤平"是指仄平脚的句式中七言第三字、五言第一字必平。否则除韵脚外,只剩一个平声字,读来拗口。"讲拗救"则是针对某种破格句式的补救方式。如谭嗣同的《狱中题壁》第三句"我自横刀向天笑",于律六字当仄而平,故于五字当平处改仄声,以救其拗。这种句式颇多,王之涣的《凉州词》第三句"羌笛何须怨杨柳"、黄山谷的《题阳关图》"想得阳关更西路"皆是如此。

诗的平仄变化是比较复杂的,但得其要领可举一反三。如将七绝加一倍即为七律之谱式,将七言去除前二字即为五绝的体式。读者若能从此切入,多加练习,则康庄在望了。

二

平仄既是汉语天然乐感的体现者,就必然要辐射到汉语诗词的各个方面。古体诗也不例外，只是它不强调对仗的整齐如一，而是于参差中自成莽苍历落的节奏，有别于近体的音节。古诗之论平仄，始于王士禛。他认为："毋论古、律、正体、拗体，皆有天然音节，所谓天籁也。唐、宋、元、明诸大家，无一字不谐。"翁方纲根据其《王文简古诗平仄论》归纳出的基本特点是：五、七古之韵脚，总以其每句之后三字为主，尤以五言的第三字及七言的第五字，必须平声。后三字当为"平平平"，即所谓三平调。它在近体中悬为厉禁，在古风中却成必守之格。如韩愈《谒衡岳庙遂宿岳寺题门楼》诗："五岳祭秩皆三公，四方环镇嵩当中。火维地荒足妖怪，天假神柄专其雄。喷云泄雾藏半腹，虽有绝顶谁能穷？……夜投佛寺上高阁，星月掩映云瞳眬。猿鸣钟动不知曙，杲杲寒日生于东。"并以此定为古诗平仄之正调。又如苏东坡《游径山》："众峰来自天目山，势若骏马奔平川。中涂勒破千里足，金鞭玉镫相回旋。人言山住水亦住，下有万古蛟龙渊。……嗟余老矣百事废，却寻旧学心茫然。问龙乞水归洗眼，欲看细字销残年。"皆是。

但古之大家亦有破体者，即于"三平"处间用"平仄平"。如东坡《送刘道原归觐南康》："晏婴不满六尺长，高节万仞陵首阳。青衫白发不自叹，富贵在天那得忙。十年闭户乐幽独，百金购书收散亡。"如以仄韵相押，则韵脚平仄亦随之变化。其五言第三字、七言第五字以用仄声为原则，即"仄平仄"之格。如黄山谷《听宋宗儒摘阮歌》："翰林尚书宋公子，文采风流今尚尔。自疑耆域是前身，囊中探丸起人死……闭门三月传国工，身今亲见阮仲容。我有江南一丘壑，安得与君醉其中，曲肱听君写松风。"翁方纲认为此诗别辟洞天，其于仄韵不肯放出"仄平仄"之正调，则拗怒之中，转余圆劲。又云："'曲肱听君写松风，"写"字必要仄。此一仄字，抵得百十个平声字之响也。'有此一仄字之笔力声响，而后上句。'其中'二字之节奏始足，而前半仄韵之对句缩上去不放下来之神理，一齐于平韵偿还矣。"

以上种种，与近体声调可说截然两样。其平仄格式，除正格之外，还有几点值得特别注意。第一，押平韵之古诗，其出句以用仄声为主；第二，七古中，如第四字为平声，则第六字宜用仄声；第三，避免律句式平仄，如对句入律，出句必拗之；第四，不避孤平，盖孤平为反律之体；第五，不避连仄，仄声与平声相比有上、去、入之变化，不似平声之单调。古体诗务求与近体相异，然追求声调的平衡与和谐之原则是一样的。只有这样才能造就拔奇领异的声情境界。

大诗人中以拗体笔法入律的，前有杜甫的"吴体"，如"一双白鱼不受钓，三寸黄甘犹自青""外江三峡且相接，斗酒新诗终日疏"等。而黄山谷更是开径自行、力破余地，如"清谈落笔一万字，白眼举觞三百杯""独乘舟去值花雨，寄得书来应麦秋"，其法为当下平字处以仄字为之，欲其气卓然不群。如《王充道送水仙花五十枝欣然会心为之作咏》："凌波仙子生尘袜，水上轻盈步微月。是谁招此断肠魂？种作寒花寄愁绝。含香体素欲倾城，山矾是弟梅是兄。坐对真成被花恼，出门一笑大江横。"此诗八句全拗而不律，翁方纲以为正是"掷笔天外，粉碎虚空""卷却前半，消纳通身"之绝作。除了构思之奇矫，而声情之横崛亦是其擅胜之处。

三

诗词都分平仄，而词更严格。诗只分平仄两类，对于仄声之上、去、入不再细分。词却不然，它有所谓"三仄更须分上去，两平还要辨阴阳"的说法。李清照在她那有名的《词论》中指出："盖诗文分平仄，而歌词分五音，又分五声，又分六律，又分清浊轻重……本押仄声韵，如押上声则协，如押入声则不可歌矣。"这是因为词要付之歌管,必须把音调的高低同字调的升降结合起来,唱时才能"发调",才有一种抑扬抗坠的音乐美感。事实上,注意字调乃是我国歌唱艺术的共同特点。

《词律·发凡》称:"尝见有作南曲者,于《千秋岁》第十二句五字语用去声住句,使歌者激起打不下三板。因知上去之分,判若黑白。其不可假借处,关系一调,不得草草。古名词之妙,全在于此。"对于填词来说,在去声的运用上最值得注意。许多名家在声律吃紧处往往用去声发调。如姜白石的《暗香》:

> 旧时月色,算几番照我,梅边吹笛。唤起玉人,不管清寒与攀摘。何逊而今渐老,都忘却、春风词笔。但怪得、竹外疏花,香冷入瑶席。
> 江国,正寂寂,叹寄与路遥,夜雪初积。翠尊易泣,红萼无言耿相忆。长记曾携手处,千树压、西湖寒碧。又片片吹尽也,几时见得?

这首被范成大赞为有"裁云缝月之妙思,敲金戛玉之奇声"的词作前后片12韵全押入声,而前片第五字"算",后片第六字"叹"皆以去声为领字,对振起声情皆有独到之妙。又如严仁的《醉桃源·春景》:

拍堤春水蘸垂杨，水流花片香。弄花嚼柳小鸳鸯，一双随一双。　　帘半卷，露新妆。春衫是柳黄。倚阑看处背斜阳，风流暗断肠。

"蘸""片""弄""半""露""是""处""背""暗""断"10字皆去声。两平间一去声，最能发调，读来有口颊留香之快感。

夏承焘先生在《唐宋词论丛》中指出："去声最为拗怒，取介在两平之间，有击撞夐捺之妙。今虽词乐失传，但依字声读之，犹含异响。"填词于四声之外，还要分辨阴阳。张炎在《词源》里提到的"琐窗深"一句，"深"字不协，改"幽"字仍不协，再改"明"字，歌之始协。三字都是平声，为什么要改来改去呢？这是因为"窗"字阴平，后面不宜连用阴平，只有换了阳平声的"明"字，才算熨帖稳当。

此外，词中还有以拗涩见长的。所谓拗涩就是有意不守某些平仄的格律，以一种突兀拗怒的声情来振起全调，造成一种履险如夷、警耸动人的特殊效果。这自然不是任意胡来，而是精心结撰的艺术格式。这类拗调涩体，多见于格律派词人如周邦彦、姜白石、吴梦窗等人的作品中，乍读若不上口，细玩之却弄姿无限，正是音律紧要之处。

　　从结构方面看，词的形式活泼多样，长短大小各各不同。从字数上看，最短的只有十几个字，如《竹枝》14字，《十六字令》16字，最长的如《莺啼序》240字；从分段上看，有单调（一段）、双调（两段）、三叠（三段）、四叠（四段）等不同。宋代的词体，据《词源》的记载，令曲一般是四韵左右，引、近约为六韵，慢词则长达八韵以上。当然这只是一种大致的区分，在韵拍和字数上并没有严格的、刻板的规定。所以那种以58字以下为小令，59字至90字为中调，91字以上为长调的分法，并没有什么确切的根据。

　　填词是需要按谱的。除了韵脚必须确守而外，对词语的平仄也应依律对号入座，方能体现声情之美。

· · ·

对仗,精严美的重要元素

一

对偶，即诗词中的对仗，是汉语文字天生的属性。它对造就诗文精严之美关系至巨。

早在1500年前《文心雕龙·丽辞》中就对此做了精辟的论述："造化赋形，支体必双。神理为用，事不孤立。夫心生文辞，运裁百虑。高下相须，自然成对。"指出了对偶性是宇宙间存在的一种带规律性的自然现象，因而文学创作中，要好好地运用它。

对偶性在远古的谣谚文辞中就多有体现。如"日出而作，日入而息。凿井而饮，耕田而食"(《击壤歌》)，"同声相应，同气相求。水流湿，火就燥。云从龙，风从虎"(《易·乾卦·文言》)，"仁者不忧，知者不惑，勇者不惧"(《论语》)，以及"牢笼天地，弹压山川"(《淮南子》)等，皆以精严的对仗而起到对意象的铺排、烘托、跌宕、凸显的功用，从而大大加强其气势之壮美与感染的力量。

古往今来，大凡脍炙人口的文章诗词，几乎无不与善用对仗有关。

骆宾王的《代李敬业传檄天下文》中有："一抔之土未干，六尺之孤安在？"据说武则天读之矍然曰："谁为之……有如此才不用，宰相过也。"另王勃写《滕王阁序》，本不为阎伯屿所喜。但他读到"落霞与孤鹜齐飞，秋水共长天一色"便拍案称奇，曰：奇才也。遂请入席，极欢罢。皆是以妙对而出名的佳例。这在诗词中更是指不胜屈。如白居易与刘梦得、元微之等论南朝兴废，梦得诗先成，有"千寻铁锁沉江底，一片降幡出石头"之对句。白曰："四人探骊龙，子先获珠，所余鳞爪何用耶！"遂罢唱和。叶梦得论七言律云："七言难于气象雄浑，句中有力，而纡徐不言之意。自老杜'锦江春色来天地，玉垒浮云变古今'与'五更鼓角声悲壮，三峡星河影动摇'等句之后，常恨无复继者。"《诗话总龟》内有警句3卷，推出佳句数百首，大半皆为警拔之对句。其中所引宋诗僧惠崇106首，如"河分冈势断，春入烧痕青。""浪经蛟浦阔，山入鬼门寒。"《塞上》云："离碛雁冲雪，渡河人上冰。"《寄白阁上人》云："夜梵通云窦，秋香满石丛。"皆精妙通神。《词旨》收词中妙对38则以及张炎奇对28则，皆对语之极品，如："小雨分山，断云笼日""接叶巢莺，平波卷絮""款竹门深，移花槛小""乱雨敲春，深烟带晚"之类，颖妙之至，令人读来口颊留香。

在诗文妙对的影响下，对仗后来以"附庸小邦"而发展成为"大国"，遂自立门户，创出了长短不拘，错综有致的对联一门。过去认为五代后蜀主孟昶令学士辛寅逊所题桃符联"新年纳余庆,嘉节号长春"为对联之始,却不知惠山有唐张祜题壁联"小洞穿斜竹,重街夹细莎",犹早于"长春"联百有余年。历代传世佳联极多,如昆明大观楼之长联早已誉满人口,又如西蜀宝光寺联:"世外人法无定法,然后知非法,法也;天下事了犹未了,何妨以不了,了之。"皆饱含哲理,发人深省。晚清沈葆桢撰郑成功庙联:"开万古得未曾有之奇,洪荒留此山川,作遗民世界;极一生无可如何之遇,缺憾还诸天地,是创格完人。"无论用语之活,立意之高,创意之奇,皆可一空千古,真杰作也。《红楼梦》第五回有联云:"世事洞明皆学问,人情练达即文章。"亦大得称赞。书中指为颜真卿作,以曹雪芹之博雅,未必皆杜撰。果尔,则联语之历史当更提前。

值得指出的是:联家作对,与诗词中之对语技法运用不尽相同,应当有所分别,才能尽其能事。

二

对仗,是律诗最重要的艺术元素。近体五、七言律的二、三联,必须对仗。它要求上下两句必须词性相同,句式相合，对句中的平仄必须相反。这就好比在绝句体式中，楔进两副华美密丽的对子，组成一种庄严精妙的阵列，使之能于散中见骈，寓刚于柔，以凸显其错综的形式美与内容的丰缛感，通过烘托铺排而获得锦上添花的艺术效果。比如贾至的《早朝大明宫》：

> 银烛朝天紫陌长，禁城春色晓苍苍。
> 千条弱柳垂青琐，百啭流莺绕建章。
> 剑佩声随玉墀步，衣冠身惹御炉香。
> 共沐恩波凤池上，朝朝染翰侍君王。

二、三两联是华美的对仗。"千条弱柳"与"百啭流莺"是名词性词组，做主语，"垂青琐"与"绕建章"是动宾结构，词性和句式完全一致。第三联的"剑佩"与"衣冠"均为名词性词组做主语，"声随""身惹"以下为谓语，也是工整的属对。诗人通过妙笔渲染，把大唐早朝的气象表现得淋漓尽致了。此诗一出，和者众多。王维、岑参、杜甫都有佳作传世。王诗的颈、颔二联是：

> 九天阊阖开宫殿，万国衣冠拜冕旒。
> 日色才临仙掌动，香烟欲傍衮龙浮。

用"九天阊阖"与"万国衣冠"相对,便写足了早朝场面的宏伟。

岑参的两联是:

> 金阙晓钟开万户,玉阶仙仗拥千官。
> 花迎剑佩星初落,柳拂旌旗露未干。

官员早朝的显赫阵势便历历如在目前。

杜甫的二联是:

> 旌旗日暖龙蛇动,宫殿风微燕雀高。
> 朝罢香烟携满袖,诗成珠玉在挥毫。

只"朝罢""诗成"诸语,便将一种上朝的欣悦与蓬勃的诗情和盘托出,令人兴奋不已。胡应麟以为四诗"皆才格相当,足可凌跨百代",又说:"《早朝》必首王维。"律诗由于对仗的作用确实大大增加了魅力。如李商隐的《重有感》:

> 玉帐牙旗得上游,安危须共主君忧。
> 窦融表已来关右,陶侃军宜次石头。

岂有蛟龙愁失水？更无鹰隼与高秋。

昼号夜哭兼幽显，早晚星关雪涕收。

这首诗是有感于昭义军节度使刘从谏抗表声讨诛杀忠良的宦官仇士良而作。诗人呼吁更多窦融、陶侃式的重臣出来讨伐奸党，维护王权。通过中间两联的烘托，诗人伤时感乱的悲怀，被格外感人地表现出来。

至于五律，它的写法与七律微有不同。起句多用仄声而不入韵，以凸显高古的气格。如老杜的《登岳阳楼》：

昔闻洞庭水，今上岳阳楼。

吴楚东南坼，乾坤日夜浮。

亲朋无一字，老病有孤舟。

戎马关山北，凭轩涕泗流。

以颔联的宏阔反衬颈联的孤苦，字字惊人，真可压倒三唐，名垂百代。元稹的《哭吕衡州》亦抑扬顿挫，堪称杰作。

雕鹗生难敌，沉檀死更香。

儿童喧巷市，羸老哭碑堂。

雁起沙汀暗，云连海气黄。

祝融峰上月，几照北人衷。

吕温一代奇才，因与宰相李吉甫有隙，被贬为道州刺史，后徙衡州，抑郁而卒，不满五十。元诗以童叟之悲情与云天之凄黯相与映衬，便觉哀沉入骨，不忍卒读了。

律诗以八句为正格，然也有排律多达数十韵。但除首尾二联外，中间部分必须对仗。试帖诗则为五言六韵共十二行，目的是要用较长的体制来考察试者才情笔力。如钱起的《省试湘灵鼓瑟》：

善鼓云和瑟，常闻帝子灵。

冯夷空自舞，楚客不堪听。

苦调凄金石，清音入杳冥。

苍梧来怨慕，白芷动芳馨。

流水传湘浦，悲风过洞庭。

曲终人不见，江上数峰青。

中间八句极力描绘音乐对周围人神景物的感动，哀音苦调弥漫湖上。最后以江上峰青作结，神味绵绵，余音不绝，无愧为此类诗中极品。

作对子需要有较高的学养与才气。过去蒙学教材，如《声律启蒙》《词林典腋》《笠翁对韵》等专门收集佳句，编列成对，供揣摩学习。如"云对雨，雪对风，晚照对晴空……三尺剑，六钧弓，岭北对江东"之类，不失为入门的初阶，时加研习，自能较快地提高写诗作对的水平。

三

对仗，作为韵文华美的顶级表现形式，乃诗流斗才逞异之角逐场。其于程式与作法上自然有很多讲究，我们必须了解。

首先，有关对仗之种类就众说纷纭。如《文心雕龙·丽辞》云，丽辞之体，凡有四对："言对为易，事对为难，反对为优，正对为劣。"《诗苑类格》则引上官仪语曰诗有六对：一曰正名对，天地日月是也；二曰同类对，花叶草芽是也；三曰连珠对，萧萧赫赫是也；四曰双声对，黄槐绿柳是也；五曰叠韵对，彷徨放旷是也；六曰双拟对，春树秋池是也。近人张正体先生在《诗学》中则分为20种。然而总论之不出"工对"（如天对地、春对秋、大对小、远对近等）与"邻对"（如天文类与地理类、飞禽类与走兽类相对等），更宽的为"词性对"，名词与名词，形容词与形容词，动词与动词相对，都算合格。

台湾诗人林正三在其《古典诗学》列举了17种对仗法，比较适用，可供参考。

其一为实字对，如："旌旗日暖龙蛇动，宫殿风微燕雀高。"（杜甫《奉和贾至舍人早朝大明宫》）

二为虚字对，如："若教解语应倾国，任是无情亦动人。"（罗隐《牡丹》）

三为错综对，如："香稻啄余鹦鹉粒，碧梧栖老凤凰枝。"（杜甫《秋兴》）

四为连珠对，亦即叠字对。如："树树皆秋色，山山唯落晖。"（王绩《野望》）"江天漠漠鸟双去，风雪时时龙一吟。"（杜甫《滟滪》）

五为人物对："欲舞定随曹植马，有情应湿谢庄衣。"（李商隐《对雪》）

六为鸟兽对："旅梦乱随蝴蝶散，离魂渐逐杜鹃飞。"（韦庄《春日》）

七为数目对："有时两点三点雨，到处十枝五枝花。"（李山甫《寒食》）

八为巧变对，此即重字相对。如："鸟去鸟来山色里，人歌人哭水声中。"（杜牧《题宣州开元寺水阁，阁下宛溪，夹溪居人》）

九为隔句对,即第一句与第三句,第二句与第四句相对,又称扇面对。如:"邂逅陪车马,寻芳谢朓洲。凄凉望乡国,得句仲宣楼。"(苏东坡《用前韵再和许朝奉》)

十为互成对,亦称句中自对。如:"黄叶仍风雨,青楼自管弦。"(李商隐《风雨》)其中"风雨"自对,"管弦"自对,而又彼此互对。

十一为流水对,即两句关系不是对立与并列式的,而是一个意思连贯下来。也就是说,出句与对句不是两句,而是一句话。如:"即从巴峡穿巫峡,便下襄阳向洛阳。"(杜甫《闻官军收河南河北》)毛主席"独有英雄驱虎豹,更无豪杰怕熊罴"(《冬云》)亦然。

十二为问答对,如:"几时杯重把?昨夜月同行。"(杜甫《奉济驿重送严公四韵》)

十三为借韵对,如:"根非生下土,叶不坠秋风。"(张乔《试月中桂》)其中"下"字借为"夏"以对"秋风"。

十四为虚实对,如老杜"老耻妻孥笑,贫嗟出入劳。"(《赴青城县出成都,寄陶、王二少尹》)"妻孥"为实字,"出入"为虚字。

十五为交股对,如:"春残夜密花枝少,睡起茶多酒盏疏。"(王安石《晚春》)此处出句第四字之"密"对下句第七字之"疏"。出句第七字之"少"对下句第四字之"多"。

十六为浑括对,指只对意而不对字面者。如杜甫"伯仲之间见伊吕,指挥若定失萧曹"(《咏怀古迹五首·其五》),其"伯仲""指挥"二句字面虽不工整,然整联意思却严丝合缝。

十七为逆挽对,如李商隐"此日六军同驻马,当时七夕笑牵牛"(《马嵬·其二》),沈德潜以为是用逆挽句法,得此一联,便化板滞为跳脱,这是很有见地的评价。

以上种种大体说明了对仗的种类。

按理,对联应该对仗工整为上。然而过求工整,反成堆砌,则限制了意境情趣,不足以成为佳句。因此大家名联并不刻意求工。

人名、地名、虚实名词也混合成对。如"白云依静渚,芳草闭闲门","白""芳"、"依""闭"皆异类为对,因而更赋予诗句活泼的生机妙趣。总之,法度既密,而能运用不滞,展露性灵,方为上乘。如老杜之《登高》中二联,"无边落木萧萧下,不尽长江滚滚来。万里悲秋常作客,百年多病独登台。"颔联写眼前景色,用"无边""不尽"使"萧萧""滚滚"更加形象化。颈联"万里"与"百年"构成时空交错,"常作客"与"独登台"相配,复以"悲秋""多病"加重之,真是层层渲染、字字奔心之极笔。昔人称之为"古今独步""句中化境"是当之无愧的。此等手法与思路最值得我们认真钻研体会。

诗词的错综美
——关于写作技巧的一点思考

诗词是最美的语言艺术，不仅要有好的构思，而且还特别讲究表现技巧，要能不断翻新，给人以意外的惊喜，才能征服读者，获得恒久的艺术生命。新、变，是一切艺术的通则，诗词尤其如此，呆板、老套是艺术的大忌。王右军《兰亭序》324字中有20个"之"字，字字不同，变化层出不穷，千古书圣果然不凡如此。苏东坡《书吴道子画后》云："知者创物，能者述焉，非一人而成也……故诗至于杜子美，文至于韩退之，书至于颜鲁公，画至于吴道子，而古今之变，天下之能事毕矣。道子画人物，如以灯取影，逆来顺往，旁见侧出，横斜平直，各相乘除，得自然之数不差毫末，出新意于法度之中，寄妙理于豪放之外，所谓游刃余地，运斤成风，盖古今一人而已。"

郭若虚《图画见闻志》："（唐）开元中，将军裴旻居丧，诣吴道子，请于东都天宫寺画神鬼数壁，以资冥助。道子答曰，吾画笔久废，若将军有意为吾缠结舞剑一曲，庶因猛励以通幽冥。旻于是脱去缞服，若常时装束，走马如飞，左旋右转，掷剑入云，高数十丈，若电光下射，旻引手执鞘承之，剑透室而入，观者数千人，无不惊栗。道子于是援毫图壁，飒然风起，为天下之壮观。道子平生绘事，得意无出于此。"以变化而通神，达到艺术之极致，由此可见。

错综：多样统一的变化之美

王力先生认为，诗词的对仗是整齐的美，平仄是抑扬的美，押韵是回环的美。詹安泰先生则认为，这主要是就律诗得出的结论，就词来说，至少还有一种错综的美。这是很重要的补充。

刘永济先生认为：文艺之美有二要焉，一曰条贯，二曰错综……错综者，局势疏荡转变之谓也。

从多样中见统一，从整齐中求变化，是美之通则，刻板、单调是与美无缘的。文以曲为美，文如看山不喜平，曲折尽变为诗文词曲的美之要诀。这一点，在许多习诗者中，似未引起足够重视。

劣诗举例：潘祖荫（世恩孙，咸丰二年探花）为刑部尚书，某满人司员闻潘好诗，乃急作数首以献媚，首章题为"跟二太爷阿玛逛庙"。潘见之狂笑不止。伯驹师云，项城夏某有《闲游三叔厅院》："闲游三叔大庭堂，一派清幽非寻常。两边排列太师椅，中间安放象牙床。"其父号称项城才子，有《赋得小楼一夜听春雨得春字》云："一夜昏昏睡，无精又少神。不闻雨打点，但听猫叫春。"虽合格律，全无诗味半死不活。太炎举史思明诗："樱桃一篮子，半青一半黄。一半与怀王，一半与周贽。"或言三、四句互调则协律，史怒曰："岂能以周贽压我八郎？！"

名家亦有败笔。石延年（曼卿）咏红梅："梅好唯伤白，今红是绝奇。认桃无绿叶，辨杏有青枝。烘笑从人赠，酡颜任笛吹。未应娇意急，发赤怒春迟。"东坡认为："诗老不知梅格在，更看绿叶与青枝。"构思既差，对句亦笨极。

诗是才人的竞技场。严羽《沧浪诗话》："夫诗有别材，非关书也；诗有别趣，非关理也。然非多读书、多穷理则不能极其至，所谓不涉理路、不落言筌者上也。诗者，吟咏情性也。盛唐诸人，惟在兴趣。羚羊挂角，无迹可求。"说得真好。写诗不能呆板，很怕平直，歪才、别趣、幽默、调皮，有益无害。

广为传说的毛泽东的两首诗词："小小儿童一龄，两颗牙齿稀松。鸡巴一翘尿淋淋。江河流胯下，蝼蚁作波臣。"（《临江仙》半阕）粗语出奇情，霸才之表现。另一首七绝："独坐池塘如虎踞，绿杨树下养精神。春来我不先开口，哪个虫儿敢作声。"同样是性情之流露，虽不一定是其作，但精神相通，引起共鸣。

还有一首流行在湖南的长短句：

> 东边一棵大柳树，西边一棵大柳树。南边一棵大柳树，北边一棵大柳树。南北东西，千丝万缕，系不得郎舟住！这边啼鹧鸪，那边唤杜宇，一声声：行不得也，一声声：不如归去！

宋元之际的梁栋《四禽言》诗："行不得也哥哥，湖南湖北春意多。九嶷山前叫虞舜，奈此乾坤无路何，行不得也哥哥。"皆仿鹧鸪啼声。这些广为流传的通俗作品，同样体现了错综之美，如句式参差不齐，意象奇正相配，复沓式与铺垫的手法，是如此生新而不落俗套，深入浅出，俗中见奇，令人过目不忘。

蒙古草原，金戈铁马，上演了多少惊天动地的历史大剧，流动着多少千古英雄浩气。1500年前的《敕勒歌》，感动了多少人。

> 敕勒川，阴山下，
> 天似穹庐，笼盖四野。
> 天苍苍，野茫茫，
> 风吹草低见牛羊。

这是武定四年（546）高欢伐西魏时，斛律金所唱，歌本鲜卑语寥寥27字，极其苍莽雄浑，气象万千。元好问盛赞："慷慨歌谣绝不传，穹庐一曲本天然。中州万古英雄气，也到阴山敕勒川。"

错综六类

错综之要，在于增强诗词的变化感、思索感、生新感与朦胧感。好的诗词要走处能留，不宜轻滑、落套。具体来说，包括以下几个方面：互文、倒装、错位、转折、铺垫、疏荡。

1. 互文

王昌龄《出塞》：

> 秦时明月汉时关，万里长征人未还。
> 但使龙城飞将在，不教胡马度阴山。

这首诗被明"后七子"之一李攀龙评为七绝压卷的诗。沈德潜《说诗晬语》云："前人推奖之而未言其妙，盖言师劳力竭而功不成，荔将非其人之故。……防边筑城，起于秦汉，明月属秦，关属汉，诗中互文。"说得极好，可顿开茅塞。

杜甫《上兜率寺》：

> 兜率知名寺，真如会法堂。
> 江山有巴蜀，栋宇自齐梁。
> 庾信哀虽久，何颙好不忘。
> 白牛车远近，且欲上慈航。

三、四句，妙在有吞纳山川之气，俯仰古今之怀。时空在此交错，巴蜀（空间）齐梁（时间），抚古今于一瞬，感慨自深，分量自重。

2. 倒装（主谓、动宾之类）

王湾《次北固山下》：

> 客路青山外，行舟绿水前。
> 潮平两岸阔，风正一帆悬。
> 海日生残夜，江春入旧年。
> 乡书何处达，归雁洛阳边。

"海日生残夜,江春入旧年"(颈联)即"残夜海生日,旧年江入春"之倒装,一经倒折,便特有力度与质重之感。

杜甫《秋兴》第八首(五十五岁夔州作):

> 昆吾御宿自逶迤,紫阁峰阴入渼陂。
> 香稻啄余鹦鹉粒,碧梧栖老凤凰枝。
> 佳人拾翠春相问,仙侣同舟晚更移。
> 彩笔昔曾干气象,白头吟望苦低垂。

颔联最为人称道,最值得琢磨玩味。本联实即"鹦鹉啄余香稻粒,凤凰栖老碧梧枝"的倒装。这样写,一则突出了色泽美,二则加强了思索性。大胆活用,故成此奇。

3. 错位

宋陈善《扪虱新话》:"《楚辞》以'日吉'对'良辰',以'蕙肴蒸'对'奠桂酒'。"俞樾《古书疑义举例》:"古人之文,有错综其辞,以见文法之变者。如《论语》'迅雷风烈',《楚辞》'吉日兮辰良',《夏小正》'剥枣栗零',皆是也。"即故意破除整齐的对偶,以增文变。

韩愈《罗池庙碑》:

> 余谓柳侯生能泽其民,死能惊动福祸之,以食其土,可谓灵也已,作迎享送神诗以遗柳民,俾歌以祀焉……
>
> 荔子丹兮蕉黄,杂肴蔬兮进侯堂。侯之船兮两旗,度中流兮风泊之。待侯不来兮,不知我悲。侯乘驹兮入庙,慰我民兮不蹙以笑。鹅之山兮柳之水,桂树团团兮,白石齿齿。侯朝出游兮暮来归,春与猿吟兮秋鹤与飞。

其中"荔子"句与"春与猿"句,于语法应作:"荔子丹兮蕉黄,肴蔬杂兮进侯堂。""春与猿吟兮,秋与鹤飞。"方顺,此故为破体,以追求文笔之矫健。这种美学诉求是很高超的。

杜甫《后游》(760年游新津修觉寺,不久再游乃有此作。)

> 寺忆曾游处,桥怜再渡时。
> 江山如有待,花柳自无私。
> 野润烟光薄,沙暄日色迟。
> 客愁全为减,舍此复何之。

不说诗人喜爱江山花柳,而说是江山花柳无私地呈现其美好生机，供诗人欣赏，"如有待"三字很是到位，"自无私"见出哲理的深度。这些地方，须细心体会才能悟出诗味。

柳永《八声甘州》中"想佳人，妆楼颙望，误几回，天际识归舟"同此技法。

4. 转折

唐无名氏的《醉公子词》：

> 门外猧儿吠，知是萧郎至。刬袜下香阶，冤家今夜醉。　　扶得入罗帏，不肯脱罗帏。醉则从他醉，犹胜独睡时。

至情文字，妙在多转折：始闻声音而喜，是一层；继见其醉而怒，是又一层；扶之入帐，则转怒为怜是又一层；不肯脱衣，转怜为恨；终则觉得还胜独睡，转恨为恕，自家开脱。一篇之中，语语转，字字折，写尽醉人之态。

陈师道《谢赵生惠芍药》：

> 九十风光次第分，天怜独得殿残春。
> 一枝剩欲簪双鬓，未有人间第一人。

殿春之娇花，应装扮最美之双鬟，而惜无人间第一人在。意极曲折，而境极高远。

无名氏《眉峰碧》：

> 蹙破眉峰碧，纤手还重执。镇日相看未足时，便忍使，鸳鸯只。　　薄暮投村驿，风雨愁通夕。窗外芭蕉窗里人，分明叶上心头滴。

据说宋徽宗书之屏风，柳永也从此悟出笔法，上片用倒插笔，从别时写起，无可奈何之别，尽在眼前。下片写驿站怀人，愈转愈深，令人肠断。

5. 铺垫

以对比反差，拙与奇，大与小，正与反相烘托，以产生触目惊心的艺术效果。如徐兰的《出居庸关》："凭山俯海古边州，筛影风翻见戍楼。马后桃花马前雪，出关争得不回头。"第三句最着力，将四句烘托到了感人之极致。

陈陶《陇西行》：

> 誓扫匈奴不顾身,五千貂锦丧胡尘。
>
> 可怜无定河边骨,犹是春闺梦里人。

此写李陵之败,"可怜"二句,征人已成白骨,而闺中仍牵萦入梦,产生了强烈的心灵震撼之力度。沈东江(沈谦)所谓"豪爽中着一二精致语,绵婉中着一二激厉语",即是此类。

稼轩《破阵子》:

> 醉里挑灯看剑,梦回吹角连营。八百里分麾下炙,五十弦翻塞外声。沙场秋点兵。 马作的卢飞快,弓如霹雳弦惊,了却君王天下事,赢得生前身后名。可怜白发生。

前者何其激昂,结句又何等悲凉。

6. 疏荡

疏荡是一种放旷高奇、不拘一格的表现手法,包括义项的多元性与宽泛的影射性、不确定性等。

李煜的《浪淘沙》:

> 帘外雨潺潺，春意阑珊。罗衾不耐五更寒。梦里不知身是客，一晌贪欢。　　独自莫凭阑，无限江山。别时容易见时难。流水落花春去也，天上人间。

上片倒叙，写贪欢短梦中醒后的感觉，如雨声、寒意等，引发亡国客居之痛苦。俞平伯以为，"流水"句极不晦涩，而颇迷离，可理解为：春去了，天上？人间？哪里去了？又：春归了，天上啊！人间呀！又：春归去也，昔日天上，而今人间矣！最后他认为应当如此理解："流水落花春去也"，离别之容易如此。"天上人间"，相见之难如彼。

诗词贵疏荡迷离，而不必一一坐实。多义性是中国诗歌一大特点，它对近代意象派如庞德的"错乱语法"有极大启发。诗无达诂，见仁见智，此中大有妙谛。

东坡的《念奴娇·赤壁怀古》即是疏荡见奇之显例，他用"人道是，三国周郎赤壁"推出了一个假赤壁，后世便有了名齐蒲圻（赤壁）的"文赤壁"了。句法上更是如此，下片前三句，于律应作六、四、五字句。李清照"楼上几日春寒，帘垂四面。玉栏杆慵倚"，东坡"我醉拍手狂歌，举杯邀月，对影成三客"亦同。而赤壁词则为："遥想公瑾当年，小乔初嫁了，雄姿英发……"改作六、五、四式，随后之"多情应笑我，早生华发"于律应作四、五句式，皆既破字数，又破文法。范仲淹之《苏幕遮》"夜夜除非，好梦留人睡"，于意当作"夜夜，除非好梦留人睡"方顺，而词人以疏荡之笔出之，便更有奇气。诗中此类亦不少见，如崔护《题都城南庄》"人面不知何处去，桃花依旧笑春风"，"不知"一作"祗今"，于意我以为后者胜。

　　余以为作诗之要，一要虚静其心，二要穷尽其象，三要错综其章法。以上仅就错综问题，略陈管见，望四海方家，不吝赐教为幸。

押韵，
诗词形式美之第一要素

一

诗词是最精美的语言艺术。汉语这种单音节的声调语，最适于运用声音的相似、相异、相错与相间来构建和谐的韵律美。韵律，可说是与我国古诗生而同具的艺术属性。尤为神奇的是，从南到北，包括北国的古谣谚，《诗经》的风雅颂，到江南的楚骚，据段玉裁《六书音韵表》的研究，用韵基本相同。这表明南北之间有着广泛存在的通用语言。它为诗歌的繁荣提供了沃土。

韵在诗美学上的考察，大致有以下特点：

一是联系作用。诗是特殊的语言，无须语法的完足，可以省略、颠倒乃至变形，但许多松散物象一经韵脚系连，便妙不可言了。如马致远的《天净沙》："枯藤老树昏鸦，小桥流水人家。古道西风瘦马，夕阳西下，断肠人在天涯。"这些互不关涉的景物，一经韵脚呼应，便严丝合缝，成了倾诉离情的绝唱。正如朱光潜在《诗论》里说韵的最大功用，是把涣散的声音联络贯串起来，成为一个完整的曲调。

二是记诵功能。押韵合辙最便记忆，《百家姓》《汤头歌》这些应用文书，一经押韵就能易于记诵。佳诗词，以其声情、意象之美妙，更使人印象深刻，乃至过目不忘。从心理学上讲，韵的有规律的配置，能勾起回忆与心理的预期而活跃记忆功能。诗词的平仄、停顿与押韵程式，实际类似信息上的"组块"，构成了最佳的记忆模式。所谓"凡有井水饮处，即能歌柳词"，就在于其音律谐婉。新诗无韵律，因此难以流传。

三是美听的效用。从南北朝时期，我国诗人就开始自觉地从文字、语言本身去发现与构建音乐的体系。沈约、周颙发现了四声，创立了"永明体"，要求"一简之内，音韵尽殊；两句之中，轻重悉异"，遂开近体诗歌之基。后学转精，日臻华妙。如被胡应麟誉为"古今七言律第一"的杜甫《登高》诗，其颔联"无边落木萧萧下，不尽长江滚滚来"，"萧萧""滚滚"为重言叠字的象声词，纵横交叉，极具气势。尾联"艰难苦恨繁霜鬓，潦倒新停浊酒杯"，"艰难"叠韵，"潦倒"双声。如此搭配益显声情之美。李清照的《声声慢》，开头连用"寻寻觅觅"7组叠字，夏承焘先生则指出，全词97字，而这两声（舌齿）却多至57字。末了几句："到黄昏、点点滴滴。这次第，怎一个愁字了得"，舌齿两声交加重叠，更突出了心中的苦情之深。韵律的确是诗美的酵素，值得人们仔细研究。

四是辅助构思。很多好句是在反复吟咏中哼出来的。

杨万里"自笑独醒仍苦咏,枯肠雷转不禁搜"即是在韵的指引下去构思觅句。毛泽东也自称他的诗词是在马背上哼成的。诗僧惠崇在寇准家里命题,以明字为韵,绕池久之。以二指点空,曰:已得之,已得之。此篇功在"明"字互相押之,俱不倒。乃为"照水千寻迥,栖烟一点明"之句,形容飞上高天穿过烟云,留下了白鹭明亮的身影。的确是奇逸之句。况蕙风说,严守四声,往往获佳句佳意,为苦吟之乐事,不似熟调,轻心以掉,反不能精警。此深为有得之言。

二

韵的声情不同,各具感情色彩。诗人择韵应考虑韵与情合。纤细题不用黄钟大吕,宏伟题不用密管繁弦。"东""真"韵宽平,"渔""歌"韵、"支""先"韵缠绵悲壮,"萧""尤"韵飘逸,各有声响。如,曹孟德的"对酒当歌,人生几何?譬如朝露,去日苦多"何其悲凉。李义山的"庄生晓梦迷蝴蝶,望帝春心托杜鹃。沧海月明珠有泪,蓝田日暖玉生烟"何其凄迷。姜白石的"自作新词韵最娇,小红低唱我吹箫。曲终过尽松陵路,回首烟波十四桥"又是何等俊逸。这种匠心独运、美妙绝伦的声情之安排值得我们细心体会。

唐继承隋制,实行科举,诗歌列入考试内容。律诗和绝句的体式在这时得以完善,历宋元明清至今相袭不变。唐人作诗依据陆法言《切韵》,但分部过细,有193韵,由于同韵字少,允许近韵通押,有所变通,定出了"同用""独用"的规矩。南宋时平水人刘渊把同用韵合并,就成了106韵的平水韵了。这也就是唐宋以来押韵的依据。平水韵分上下平声30部,上声29部,去声30部,入声17部,共106部。平声各部收字多少不一。最多的"七虞"韵304字,最少的"十五咸"只41字。

作诗必须严守韵脚,不能出韵。近体诗押韵的规则,是以偶数相押。首句可押可不押。一般七言律绝以押韵为多,五言律绝以不押者多。以绝句为例,如王昌龄的《出塞》:

秦时明月汉时关,万里长征人未还。
但使龙城飞将在,不教胡马度阴山。

起句入韵,"关""还""山"相押,属"十五删"部。又如杜甫的《八阵图》:"功盖三分国,名成八阵图。江流石不转,遗恨失吞吴。"起句不入韵,偶句押韵,是五绝的常格。

如前所述，韵有宽窄，初学写诗的人，不妨从宽韵入手，有较多选择，利于运思。像"东"韵、"虞"韵、"先"韵、"阳"韵、"庚"韵字多而不僻，较易措手。至于行家老手，则不妨因难而出奇，押窄韵、险韵。如曹景宗大败北魏凯旋，于华光殿出口即成："去时儿女悲，归来笳鼓竞。借问行路人，何如霍去病。"奇才壮士令文人缩手。

但是，由于语言的变化，许多当时适口的诗韵，今天已经不谐于口了。以"十三元"为例：其中如"魂""门""孙""繁""言""掀"皆与"真""文""先""咸"相近。江西名士高心夔两次科举，都以出韵贬到四等。王闿运以"平生两四等，该死十三元"相嘲。如此有悖实际的事，为何还要遵守？于右任先生早在1958年提出：

> 诗应化难为易，应接近大众……一、平仄——近体诗的平仄格律，完全是为了"声调美"。但是现在平仄变了，如入声字，国语完全读平声了，我们还要把它当仄声用……二、韵——诗有韵，为的是读起来谐口。但是后来韵变了，古时同韵的，读来反而不谐；异韵的反而相谐。如同韵的"元""门"，异韵的

"东""冬"。而我们今日作诗,还要强不谐以为谐,强同以为异,这样合理吗?

古人用自己的口语来作诗,我们用古人的口语来作诗,其难易自见。我们要想把诗化难为易,和大众接近,第一先要改用国语的平仄与韵。因此中华诗词学会"双轨并行""倡今知古",主张用新声韵,即按普通话声韵写诗。这个工作看起来还需加大力度。

三

词是诗的姐妹艺术,尤重音乐的色彩。从声韵上看,词不仅要押韵,讲究平仄,还须分辨上去阴阳。但词的用韵,要宽于诗。

据戈载《词林正韵》的分法,有平、上、去14部,入声5部,共19部。这比106韵的平水韵宽多了。但它的押韵与诗不同,词是长短句,以错落有致、寓齐整于变化而见工,词的韵位,大致都是音乐上停顿的地方。每调旋律、节奏不同,顿拍也就不同,它的韵准也随之而异。词有隔句为韵的,有隔几句为韵的,也有每句相押,如"福唐独木桥体",李白那首鼎州沧水楼的《菩萨蛮》(平林漠漠烟如织，寒山一带伤心碧。暝色入高楼，有人楼上愁。玉阶空伫立，宿鸟归飞急。何处是归程，长亭连短亭。)

有的词在不是韵脚的地方也押韵，叫暗韵或藏韵。如周邦彦《满庭芳》："年年如社燕，飘流瀚海，来寄修椽。"秦少游的同调之作："销魂，当此际，香囊暗解，罗带轻分。"其中"年"与"魂"都是加的暗韵。所以词的用韵，十分复杂，必须依词谱去填。

据康熙年间《钦定词谱》统计，常用的词调有820余调，2300余体，各有各的押韵程式。比如《满江红》除了常见的岳飞之押仄韵，还有押平韵的。如姜夔的《过巢湖》之作，起用"仙姥来时，正一望、千顷翠澜。旌旗共、乱云俱下，依约前山。命驾群龙金作轭，相从诸娣玉为冠。向夜深、风定悄无人，闻佩环"，声情何其佳美，意象何其雄奇，真绝唱也。

除了一些基本的词调以外，还采用增减、摊破、叠韵、偷声等方式加以变化。《浣溪沙》中有《摊破浣溪沙》，把原调结句七字，破为上七下三的十字体。《减字木兰花》就是把原调一、三、五、七句，减七字为四字句，而转入两平声韵。此调字少而韵多，十分灵活，便于遣词，是很常用的词牌。《偷声木兰花》则将三、七两句改为四言，并于各片结尾用两平韵。由于词源于民间，本酒边花下之休闲文学，用韵多采方音，用词多取口语，韵脚很宽，以俗字、口语入韵，不但无妨，反增神味。

作词，离不开词谱，叫作按谱填词。词谱之书，通行的有万树的《词律》、康熙下令编纂的《钦定词谱》，以及今人潘慎的《中华词律辞典》。此外龙榆生编的《唐宋词格律》则是比较精简适用的一种。它收调150余调（不含变体所增之调），后面附有张珍怀编辑的《词韵简编》，一般词调及韵字大体都已编入，颇便初学，流行甚广。如以《江城子》为例，它于题下说明：一作《江神子》。35字，五平韵。宋人多依原曲重增一片。云云。下为：

定格

+－+｜｜－－（韵）｜－－（韵）｜－－（韵）+－+｜（句）+｜｜－－（韵）+｜+－－｜｜（句）－｜｜（句）｜－－（韵）

乙卯正月二十日夜记梦

苏轼

十年生死两茫茫（韵）。不思量（韵），自

难忘(韵)。千里孤坟,无处话凄凉(韵)。纵使相逢应不识,尘满面,鬓如霜(韵)。　　夜来幽梦忽还乡(韵),小轩窗(韵),正梳妆(韵)。相顾无言,惟有泪千行(韵)。料得年年断肠处,明月夜,短松冈(韵)。

对于词的平仄用韵都做了整体的规定,是一种很好的初学指南。以此类推,便可举一反三。

漫谈声律的作用

讲究声律差不多是中外古代诗歌的共同特点。古希腊和罗马把音步作为诗歌格律的基础，俄国民歌的格律则建筑在由语音的强弱和语调的轻重所形成的节奏上。这二者虽有不同，但都不出音量变化的范围，因此又叫音量诗法。在欧洲用押韵法——音质诗法来写诗，那是比较靠后的事情。而我国的诗歌可说一开始就是有韵的。这一点在《诗经》《楚辞》和古代谣谚中表现得非常清楚。关于这方面的理论也产生得很早，《尚书·舜典》的"诗言志，歌永言，声依永，律和声"，《礼记·学记》的"不学博依，不能安诗"，《荀子·劝学》中的"诗者，中声之所止也"等等，谈的都是有关这方面的问题。到了六朝时代，声律的研究有了巨大的发展。沈约在《谢灵运传》中把"五色相宣，八音协畅""前有浮声，后须切响""一简之内，音韵尽殊；两句之中，轻重悉异"，作为评论诗歌的一个重要标准。他还特别推崇曹子建的"从军度函谷，驱马过西京"、王正长的"朔风动秋草，边马有归心"等诗句，认为它们正以"音律调韵，取高前式"。经过他的大力倡导，音调问题才被人们自觉地研究起来。这里所说的"轻""重""浮""切"，实际上就是平仄论的雏形。他所称誉的诗句和唐以后的近体诗基本上是相同的。诗律的成熟是在盛唐，以后的诗人没有不在这上面下功夫的。"吟安一个字，捻断数茎须"是苦吟诗人卢延让的惨淡经营，"晚节渐于诗律细""新诗改罢自长吟"是诗圣杜甫的现身说法。

为什么诗人这样重视声律？它到底有什么作用？下面试着回答这个问题。

我们所说的声律，一般包括语音和语式两方面的变化，其中主要是指韵和调的使用规则而言的，这是构成诗歌形式美的基本条件。现在先谈韵的问题。

诗中的韵字可说是声律的关键，用它回环相押而造成的多样统一感，不仅极便记忆，而且还是使我们在听、诵中获得美感、愉快的主要根源。此外它还有一种奇妙的联系作用。它关上粘下，把许多零散的形象凝结成浑然的整体，它是实现诗词中的跳跃的重要手段之一。比如马致远的《天净沙·秋思》："枯藤老树昏鸦，小桥流水人家，古道西风瘦马。夕阳西下，断肠人在天涯。"如果句尾不用"鸦""家""涯"等韵字联结起来，那至多不过是一堆杂乱陈放着的碎金玉屑而已，可是一经韵脚串联，就如灵犀一点，全体都灵通活动起来了。正是因为这个道理，所以马雅可夫斯基说，没有韵脚（广义的韵），诗就会分散。韵脚使你回到上一行去，使你回想超前一行，使叙述一个思想的所有诗行共同行动。

其次是音调问题,这是诗词格律中的另一重要方面。我们大概都有这样的经验:连念几个同声调的字会觉得很吃力、含混难听。这显然不符合诗艺的美感要求,于是诗歌从格律上对字调的形式做了精密的安排。它把各种语音按照高低、升降、长短的不同,分为平、仄两类,然后再以互相交替的原则协调起来。这样做不只是为了顺口而已,它还能造成一种抑扬顿挫的声音美、整齐活泼的变化感以及鲜明的节奏感。我们在吟咏时体味到的那种口吻调利、摇曳生姿的声情就是和它紧密相关的。此外,有时它还能赋予诗歌以一种言外之趣。比如范仲淹《桐庐郡严先生祠堂记》的尾歌:"云山苍苍,江水泱泱。先生之风,山高水长。""先生之风"的"风"字原作"德"字,是入声字,字音促迫,后改为"风"字,就很适于表达那种景仰赞叹、低回流连的情致了。

声律在诗词中的作用很复杂,大致可以从吟诵上、意象描绘上以及情绪烘染上三方面加以说明。关于它在吟诵上的作用,前面已有所述说。概括说来就是,由于它给诗词的声音组合确定了最熨帖的形式,就能以一种上口悦耳、赏心洽意的魅力去吸引读者、打动读者,使人爱不忍释和津津乐道。再拿杜甫的《宿府》作例:

清秋幕府井梧寒，独宿江城蜡炬残。永夜角声悲自语，中天月色好谁看。风尘荏苒音书绝，关塞萧条行路难。已忍伶俜十年事，强移栖息一枝安。

起句就入韵，用"寒""残""看""难""安"五个韵字回环相押，定下了缠绵悱恻的基调，再以平仄相间的节奏使之起伏、跌宕，又用了大量富有音乐性的联绵词（如"清秋""荏苒"是双声，"独宿""萧条""伶俜""栖息"是叠韵），于是就塑造出一片迷离惝恍、低回婉转的声情境界。所以王国维主张"词之荡漾处多用叠韵，促节处用双声"。再如王维的名句"漠漠水田飞白鹭，阴阴夏木啭黄鹂"，据说脱胎于李嘉祐的"水田飞白鹭，夏木啭黄鹂"之句。你看这"漠漠""阴阴"四个叠字添得有多好，不独摹景入神，克服了原诗的板直，而且音调幽婉，意境更深。有人用"弹丸旧是吟边物，珠走钱流义自通"来说明韵律的性质，的确是很形象的。

　　其次是意象描绘问题。声音和意义的关系本不可分。有人认为语言发音时的口势往往与词的意义有关。比如说双唇遮口、气从鼻出发音的词，常有点遮蔽模糊的意味，如"冥冥""茫茫""漫漫""渺渺""迷蒙""模棱"等是；卷舌音的词则常有圆滚、流转的意味，如"滔滔""滚滚""囫囵""辘轳"等是；而"高""低""大""小"等字音在舌位的升降、口型的开合上也都反映出与字义的某种联系来。至于象声词的描绘作用，如"萧萧"之象风声，"唧唧"之象叹息，"喓喓"之象虫鸣，"丁丁"之象伐木声等，则是尽人皆知的。虽然这类音趣的词汇意义一般说来不算很大，它们本身也没有什么独立的美学意义，但是如果运用得好，却能产生十分奇妙的艺术效果。比如李清照的《声声慢》起头连用了"寻寻""觅觅""冷冷""清清""凄凄""惨惨""戚戚"14个叠字来刻画她骤闻夫死的惊愕、惝恍的心境，就是一个突出的例子。这种奇崛的形式不仅从意境上突出了她的异乎寻常的悲痛，而且这些词音本身就具有很大的描写能力和强烈的感情色彩。这14个字如抽泣之声，前面的比较低缓，往后愈趋促迫，正反映了悲哀不断深化的过程。在这首不满百字的词中，齿音、舌音即近60个，用的又是急促的入声韵。易安居士当是特意用这凄切的声韵来倾诉她心头深刻的悲伤的。她在运用语音塑造形象上的成就很值得我们借鉴。

再次，韵律与情感的关系也很密切。恰当的语音和语式对表现诗人的情绪和内在体验有着重要的作用。韵，这是感情的催化剂，它能不知不觉地拨动心弦，使感情波动。前面谈到的李清照《声声慢》就是一个例子。再如曹操的《短歌行》：

> "对酒当歌。人生几何？譬如朝露，去日苦多。""慨当以慷，幽思难忘。何以解忧，惟有杜康。""月明星稀，乌鹊南飞。绕树三匝，何枝可依？""山不厌高，水不厌深。周公吐哺，天下归心。"

这里的感情时而悲凉，时而激烈，时而凄迷一片，时而无限深沉。它之所以能够表达出这样一种情绪来，是和作者善于运用语音的情趣分不开的。"对酒"章的"歌""多""何"等字声音洪壮而低缓，如同黄钟大吕的轰响一样，最能烘托悲壮苍凉的境界。项羽的《垓下歌》、汉乐府的《公无渡河》也正是用这一种韵来冲击人们的感情。第二章的"慷""忘""康"等高亢而激越，作变徵之声，容易引发人们的激昂慷慨的情绪。"慨当以慷"就是"当以慷慨"的颠倒。"以"是衬字，无义。他之所以采用这种特殊的句式，主要不是从意义上，而是从声情上来考虑的，目的在于用它来造成一种整齐的韵式以烘托感情。这种现象在诗歌中是比较多的，外国也是如此。我们再看第三章，它以"稀""飞""依"等字为韵，这正像是用一种纤细缠绵的声音来低诉作者心头的迷茫与怜惜。诗的最后一章"深""心"相押。这些以鼻音收尾的"侵"韵字，声貌悠长、和鸣度好，吟咏起来别有一段"深沉"的意味，因此与本章所要表现的主题正好互相生发，相得益彰。

声律的这种作用，诗家向来都很重视。袁枚说："欲作佳诗，先选好韵。"况周颐说："作咏物、咏事词须先选韵。选韵未审……其弊与强和入韵者同。"陈望道先生的《修辞学发凡》也说："长音有宽裕、纤缓、沉静、闲逸、广大、敬虔等情趣；短音有急促、激剧、烦扰、繁多、狭小、喜谑等情趣。"可说是要言不烦。这差不多已成为大家所共同遵循的不成文的规则了。比如说"江""阳"韵比较苍凉，"萧""尤"韵比较幽婉，长音舒缓，短音比较激越，字句短、韵位密、变化多的感情比较激烈，字句长、韵位疏、变化少的感情比较安详等等，是为一般人所承认的。因此像《满江红》《贺新郎》《忆秦娥》等促节繁弦、激扬凄厉的词调自然比较宜于抒发悲愤、豪壮的感情，而《木兰花慢》《祝英台近》《浣溪沙》等和谐婉转、平正从容的词调则以表现缠绵优美的情致为佳。

此外,音节与句子的重复也是诗歌表达情感的重要方式之一。诗中的重复绝不是原地踏步,而是适应着感情起伏的节奏,用音乐的旋律力量把它一步步推向高潮的手段。比如《秦风·蒹葭》就是用这种反复咏唱的方法,一轮深似一轮地宣泄着恋人缠绵的思念并打动读者的。

声律在诗词中的作用大致说到这里。在诗艺的诸因素中,它当然只占次要的地位,只是一种辅助的手段,它本身并没有什么独立的美学意义,因此,如果过分强调它而忽视了主题思想的经营,势必会陷入形式主义的泥坑,其错误是十分明显的。但是如果地位摆得恰当,情况就根本不同了。声律作为一种积极的修辞手段,它不只给人口吻的调利而已,它还是表情达意,令诗词活色生香的重要工具,使诗"无翼而飞"。优秀的古典诗词之所以能长期传诵不歇,的确是得力于声律不小的贡献。在今天,我们固然不必拘于声律之中,但是懂得一些这方面的知识很有用处,起码它能提高我们的艺术鉴赏力,尤其是在古典诗词方面。如果我们从事写作的话,那么它还会有助于我们艺术表现力的提高。因为一个在这方面受过训练的人,在驾驭语言上自然会比较容易些。此外,它还能为新的格律诗的建立提供重要的借鉴。

...

精深微妙的诗话

一

诗话,是有关品赏、评议诗歌的功能,探讨诗歌的地位、作法、流派、技巧、逸事等带有随笔、札记性质的文体,它语言优美、思致活泼、极富情趣,是中国诗歌理论一个重要的分支。

诗话的渊源由来已久。如《西京杂记》之司马相如答盛览问作赋:"合綦组以成文,列锦绣而为质。一经一纬,一宫一商,此赋之迹也。赋家之心,苞括宇宙,总览人物。斯乃得之于内,不可得而传"即是一例。何文焕在《历代诗话》序中,更提出:"诗话于何昉(始)乎?赓歌纪于《虞书》,六义详于古序。孔孟论言,别申远旨。《春秋》赋答,都属断章。三代尚已……洵是骚人之利器,艺苑之轮扁也。"他把源头追溯到《尚书·虞书·舜典》中的一段文字:"帝(舜)曰:夔,命女(汝)典乐,教胄子……诗言志,歌永言,声依永,律和声。八音克谐,无相夺伦,神人以和。"指出了诗既要表现作者的情志,还要符合声律之美,只有做到八音克谐,才能达到人神共乐的境界。这既符合艺术的规律,又有理论的高度,是诗学开山的伟论,对后世影响极大,为《礼记·乐记》和《毛诗大序》所本。虞舜时代,是华夏文明一个辉煌的起点，是中华诗词的星宿之海。

《礼记》说："昔者舜作五弦之琴以歌《南风》。"歌词是："南风之薰兮，可以解吾民之愠兮。南风之时兮，可以阜吾民之财兮。"大意是说：芬芳的南风哟，可以吹散我百姓的烦恼；及时的南风哟，可以增加我百姓的财宝。这是一首表现上古太和气象的赞歌。

另一首《卿云歌》也见于《尚书大传》《竹书纪年》。歌词是："卿云烂兮，纠缦缦兮。日月光华，旦复旦兮。"卿云，指一种非烟非雾、五彩氤氲的彩云，被当作祥瑞的象征。诗的大意是：灿烂的卿云哟，你异彩纷呈，何等辉煌；光华四射的太阳接替月亮，日复一日地升起在东方。只16个字，却如此壮伟辉煌，笔力高古，句法奇矫，简直就是一曲光明的礼赞。史称，这是在虞舜禅位于夏禹时所作。据"夏商周断代工程"的结论，这发生在公元前2070年，距今4000多年，可谓中华诗国的开篇之作。这对于构建我国诗话学与诗歌理论，有着极大影响。

虞舜而后，孔子的诗学观也是公认的经典。他在《论语》中的点评，皆极有分量。如与子夏的对话：

> 子夏问曰："'巧笑倩兮，美目盼兮，素以

> 为绚兮'何谓也？"子曰："绘事后素。"曰："礼后乎？"子曰："起予者商也，始可与言《诗》已矣。"

皆于言外得意，指出美人不但要有丽质，还要有礼，就像作画，必须有好的白素才能加工成为出色的画图一样。孔子还提出了"兴观群怨"之说。兴，是引发创作的激情。观，是考察得失，改进政策。群，是团结大众和谐相处。怨，是怨刺上政，即批评劣政。他还提出了"温柔敦厚，诗教也"，即儒家的君子应具之品格修养。

1994年在郢都（江陵）楚墓中出土了一批竹简，其中有29简，约千余字，记载了孔子对近60篇诗的评价。经专家考证，定名为《孔子诗论》。此文的发表，立即引起世界范围的轰动。这个楚竹简本，保存了《诗经》先秦时代的原貌。其类序为《颂》《大雅》《小雅》《邦风》，而今本"国风"乃汉人避刘邦之讳而改的。

二

诗话成熟于宋代。欧阳修的《六一诗话》标志着这种文体的定型。

不过此前钟嵘的《诗品》，已是系统评论诗歌的专著。《诗品》将自汉以来五言诗的作者分为上、中、下三等，为之"定品第，显优劣"。在序中，钟嵘更对诗的产生与功用，做了生动的论述："气之动物，物之感人，故摇荡性情，形诸舞咏，照烛三才，晖丽万有。灵祇待之以致飨，幽微藉之以昭告。动天地，感鬼神，莫近于诗。"可谓一等的美文名论。

唐人司空图之《二十四诗品》则踵事增华，把艺术风格分为雄浑、冲淡、高古、典雅等24品，分别用12句四言诗加以描述。如以"返虚入浑，积健为雄……超以象外，得其环中"形容雄浑，"不着一字，尽得风流"形容含蓄等，皆极富启示性。

欧阳修的《六一诗话》则以资闲谈与记本事为特色。如云：苏子瞻学士得西南夷人卖蛮布弓衣，其文织成梅圣俞春雪诗："朔风三日暗吹沙，蛟龙卷起喷成花。花飞万里夺晓月，白石烂堆愁女娲。……"而异域之人贵重如此，遂以此布更为琴囊。

两宋之际计有功的《唐诗纪事》则专论唐人诗作，抉摘精慎，足资清赏。如记开元十六年（728），玄宗亲择廷臣11人出为诸州刺史，诏大臣于洛滨送行。"命高力士赐诗令题座右。帝亲书且给笔纸，令自赋，赉绢三千遣之。帝诗云：'眷言思共理，鉴寝想惟良……恤惸且存老，抚弱复绥强。勉哉各祗命，知予眷万方。'"一开诗风，千古传为盛事。文中明言令高力士赐诗，则此诗乃高力士代撰，其著作权应归高氏。

两宋诗话尤佳者，还有叶梦得著《石林诗话》，主张作诗当"意与言会，言随意遣"，能如"蓝田日暖，良玉生烟"者为佳。严羽之《沧浪诗话》创以禅喻诗之法门，重在妙悟。如云："夫诗有别材，非关书也；诗有别趣，非关理也……诗者，吟咏情性也。盛唐诸人惟在兴趣，羚羊挂角，无迹可求。故其妙处，透彻玲珑，不可凑泊。如空中之音，相中之色，水中之月，镜中之象，言有尽而意无穷。近代诸公乃作奇特解会，遂以文字为诗，以才学为诗，以议论为诗。夫岂不工，终非古人之诗也。盖于一唱三叹之音，有所歉焉。"其论诗重在妙悟与兴致，确实能把握诗歌美学的基本立场，体现了对形象思维的悟入。

宋代的大型诗话有元丰八年（1085）进士阮阅的《诗话总龟》98卷，及胡仔的《苕溪渔隐丛话》，皆博采百家诗话，评述历代诗家诗作，采摘详审，颇获声誉。以李白为例，《总龟》卷四引《古今诗话》，记李白初到京师，贺知章闻其名见之曰："公非人间人，岂太白星精耶?"及见《乌夜啼》曰:"此诗可以泣鬼神。"其词曰:"姑苏台上乌飞时,吴王宫里醉西施。吴歌楚舞欢未毕,青山欲衔半边日。金壶丁丁漏水多,起看秋月坠江波。东方渐明奈乐何!"可谓推崇备至了。而《苕溪渔隐丛话》前集卷五引《诗眼》云:"山谷言学者若不见古人用意处,但得其皮毛,所以去之更远。如'风吹柳花满店香',若人复能为此句,亦未是太白。至于'吴姬压酒劝客尝','压酒'字,他人亦难及。'金陵子弟来相送,欲行不行各尽觞',益不同。'请君试问东流水,别意与之谁短长',至此乃真太白妙处,当潜心焉。故学者先以识为主,禅家所谓正法眼。"两相参照,精妙尽出。而所引《古今诗话》与《诗眼》,原书已佚,赖此而存之,碎金片玉,更足珍贵了。

三

金元诗话甚少,唯王若虚、元好问值得一谈。王若虚有《滹南诗话》,论诗"以意为之主,字语为之役"。又云:"哀乐之情,发乎情性……文章唯求真是而已。"是对竞靡夸多追奇逐险之风气的当头棒喝。元好问的论诗绝句,则以疏凿手自任,大声镗鞳,极具识力。如:

> 汉谣魏什久纷纭，正体无人与细论。
> 谁是诗中疏凿手，暂教泾渭各清浑。

又：

> 一语天然万古新，豪华落尽见真淳。
> 南窗白日羲皇上，未害渊明是晋人。

又：

> 慷慨歌谣绝不传，穹庐一曲本天然。
> 中州万古英雄气，也到阴山敕勒川。

俨然一代宗师，以分别清浊、疏通诗道自任，强调诗之正体，主张自然天成，推崇刚健豪壮之诗风其影响深远，足以继声杜甫论诗六绝句之杰作。

明代诗话大盛。其影响一代风气的李东阳的《怀麓堂诗话》，强调诗贵意，贵远，贵淡不贵浓。诗要"陶写情性，感发志意，动荡血脉，流通精神，有至于手舞足蹈而不自觉者"。又说"诗必有具眼，亦必有具耳。眼主格，耳主声。闻琴断知为第几弦，此具耳也。月下隔窗辨五色线，此具眼也"。能精妙如此乃得为诗，真能令人开窍而醒迷也。谢榛之《四溟诗话》亦特具独识之作。其论诗主天机与超悟，云："诗有天机，待时而发，触物而成。虽幽寻苦索，不易得也。"作诗要博取外物，或阅书醒心，以酝酿灵思，待灵机之至，则"意随笔生，而兴不可遏"。他管此种创作状态叫作得"辞后意"，以区别那种（先）立许大意思，束之以句则窘的"辞前意"，主张随机应变、因字得句的创作方式，的确是深悟有得之言。"后七子"的领袖王世贞（1526—1590）强调作诗要以格调为中心。"诗以专诣为境，以饶美为材。""才生思，思生调，调生格。"好诗词应融化一切材料而不着痕迹，方为佳境。

清诗话更是精彩备呈。王夫之的《薑斋诗话》标举诗的情景互生互藏，强调寓意。他说："烟云泉石，花鸟苔林，金铺锦帐，寓意则灵。"所谓"寓意"，即融情入景。叶燮的《原诗》体大思精，尤为难得，他强调诗要表现的对象是理、事、情，如何表现好，有赖于作者的才、胆、识、力。"识明则胆张"，胆张则思横流，能自辟门户。

现当代的诗论中值得推崇的是孙中山与毛泽东。孙中山在与胡汉民论诗时说："中国诗之美，逾越各国。如三百篇以逮唐宋名家，有一韵数句，可演为彼方数千百言而不尽者，或以格律为束缚，不知能者以是益见工巧……今倡为至粗率浅俚之诗，不复求二千余年吾国之粹美。或者人人能诗，而中国已无诗矣。"诗人毛泽东在给臧克家的信中说："诗当然应以新诗为主体。旧诗可以写一些，但是不宜在青年中提倡，因为这种体裁束缚思想，又不易学。"这里说到束缚之语，引起了一些误解。当梅白向毛提到此事时，他说："那是针对当时的青少说的……但另一方面，旧体诗词源远流长，不仅像我这样的老年人喜欢，而且像你这样的中年人也喜欢。我冒叫一声，旧体诗词要发展，要改革，一万年也打不倒。因为这种东西最能反映中华民族和中国人民的特性和风尚。"类似的意思，在夏承焘先生《天风阁学词日记》中也有记载。1964年12月22日夏先生向陈毅元帅请教毛主席的诗学观时，陈说："主席自谓少时不为新诗，老矣无兴学，觉旧诗词表现感情较亲切，新诗于民族感情不甚合腔，且形式无定，不易记，不易诵。"毛泽东的这些意见体现了他对民族传统文化的尊重与对民族性格的深刻了解。这些看法值得我们重视与研究。

漫谈诗词唱和

一

酬唱次韵，是诗词特有的形式。孔子云："同声相应，同气相求。"诗家酬唱本于气类之相感，乃人情之必然。

《诗经·郑风·萚兮》"叔兮伯兮，倡予和汝。"即用诗句相应答，并不要求依韵次和。王世贞云："联句始柏梁，人赋一句……和诗用来诗之韵……依其先后而次之曰次韵……至大历中，李端、卢纶野寺病居酬答，始有次韵。后元、白二公次韵益多。"这种步韵唱和范围很窄，难度很高，未免拘束性情，但能者却能因难见巧，机锋相摩荡，往往出险句奇思，有迁想妙得之高境。同时，作为一种基本功，它可以锻炼人驾驭语言、丰富联想的能力。唐宋至今的才人高手往往乐此不疲。苏东坡和陶渊明诗即达109篇之多。宋代词人陈允平《西麓继周集》和周邦彦词124首，方千里《和清真词》93首，杨泽民《和清真词》92首，全部为依韵相和之作。诸家和作，甚得高评，诩为一代之胜。开唱和次韵之风气者，夙称元白，以长庆间彼此赓唱之作为开始。元稹、白居易相互唱和始于元和十年（815）之通江酬唱。该年白居易因上书请严惩刺杀宰相武元衡之元凶，得罪权贵，贬为江州（九江）司马。而元稹亦以为民请命贬为通州（四川达州）

司马。元先有《闻乐天授江州司马》相赠,有"残灯无焰影幢幢,此夕闻君谪九江"之句。白居易读后作《舟中读元九诗》,有"把君诗卷灯前读,诗尽灯残天未明。眼痛灭灯犹暗坐,逆风吹浪打船声"之语,极写心中的感触。元稹续作《酬乐天舟泊夜读微之诗》:"知君暗泊西江岸,读我闲诗欲到明。今夜通州还不睡,满山风雨杜鹃声。"惺惺相惜情深义重,此为元白次韵之始。后于长庆年间,二人出任杭州、越州(今绍兴)刺史,诗简往还,尤多次韵之作。白居易《祭微之文》云:"死生契阔者三十载,歌诗唱和者九百章。"一时号为"元白体"。

然宋人程大昌《考古编》云:"唐世次韵,起元微之、白乐天。二公自号元和体,曰古未之有也。抑不知梁、陈间已尝出此,但其所次之韵,以探钩所得,而非酬和先唱者,是小异耳。""探钩",即"抓阄",置韵字于器中,抓得某字,即以为韵作诗,亦云拈韵,与依前作之韵唱和不同。按唐人依韵赋诗,当始于"大历十才子"之李端、卢纶。李端有《野寺病居喜卢纶见访》:"青青麦垄白云阴,古寺无人新草深。乳燕拾泥依古井,鸣鸠拂羽历花林。千年驳藓明山履,万尺垂萝入水心。一卧漳滨今欲老,谁知才子忽相寻。"卢纶得诗即作《酬李端公野寺病居见寄》诗:"野寺钟昏山正阴,乱藤高竹水声深。田夫就饷还依草,野雉惊飞不过林。斋沐暂思同静室,清羸已觉助禅心。寂寞日长谁问疾,料君惟取古方寻。"二诗依韵相押,是典型之次韵诗。据"漳滨今欲老"语,当作于建中、兴元间(783—784),早于元和十年之作约30年。然细究诗史,唱和次韵之诗应提前到南齐、北魏时期,而且是出自两位女士之手。据杨衒之《洛阳伽蓝记》卷三云:王肃(南齐人,王导之裔孙。后投北魏孝文帝,力推汉化,大获成功,得尚公主)在江南之日,聘谢氏女(谢安之后裔)为妻。及至京师(洛阳),复尚公主。谢氏后来洛阳,作五言诗以赠之。诗曰:"本为箔上蚕,今作机上丝。得路逐胜去,颇忆缠绵时。"公主代肃答云:"针是贯线物,目中恒任丝。得帛缝新去,何能衲故时。"巧妙设喻,表达了微妙之心态。据云,王肃读诗,"甚有愧谢之色,遂造正觉寺以憩之"。

唱和之风,大盛于宋。南宋邵浩编有《坡门酬唱集》23卷,收东坡、苏辙及两公门下士黄鲁直、秦少游、晁无咎、张文潜、陈无己、李方叔等次韵诗作660首。东坡大才无碍,着手成春,佳作不胜枚举。如《雪后书北台壁》二首:

一

　　黄昏犹作雨纤纤，夜静无风势转严。
　　但觉衾裯如泼水，不知庭院已堆盐。
　　五更晓色来书幌，半夜寒声落画檐。
　　试扫北台看马耳，未随埋没有双尖。

二

　　城头初日始翻鸦，陌上晴泥已没车。
　　冻合玉楼寒起粟，光摇银海眩生花。
　　遗蝗入地应千尺，宿麦连云有几家。
　　老病自嗟诗力退，空吟冰柱忆刘叉。

翻空出奇，妙绝千古。和者甚众，如王安石、王阳明皆有和作传世。

二

　　词之唱和，亦悠久而辉煌。唐诗人张志和大历九年（774）去拜访湖州刺史颜真卿，游西塞山作《渔歌子》5首。其一云："西塞山前白鹭飞，桃花流水鳜鱼肥。青箬笠，绿蓑衣，斜风细雨不须归。"高风逸思，一时传遍。

日本嵯峨天皇于弘仁十四年（823）和张志和《渔歌子》五首，宫内盛传，距张作才晚49年，而开彼邦词风如此。宋代苏东坡尤爱此词，恨其曲度不传，故加数语，以《浣溪沙》歌之。词云："西塞山边白鹭飞，散花洲外片帆微。桃花流水鳜鱼肥。自庇一身青箬笠，相随到处绿蓑衣。斜风细雨不须归。"可谓千古佳话。

另东坡有《水龙吟次韵章质夫杨花词》：

> 似花还似非花，也无人惜从教坠。抛家傍路，思量却是、无情有思。萦损柔肠，困酣娇眼，欲开还闭。梦随风万里，寻郎去处，又还被，莺呼起。　　不恨此花飞尽，恨西园、落红难缀。晓来雨过，遗踪何在，一池萍碎。春色三分，二分尘土，一分流水。细看来，不是杨花，点点是离人泪。

张炎云："东坡次章质夫杨花《水龙吟》韵，机锋相摩，起句便合让东坡出一头地。后片愈出愈奇，真是压倒今古。"盖其以随风零落之杨花比拟抛家傍路之烟花女性，而深致同情，神光离合，缠绵悱恻，故能感人如此。

另如辛弃疾《水调歌头·舟次扬州，和杨济翁、周

显先韵》:

> 落日塞尘起,胡骑猎清秋。汉家组练十万,列舰耸层楼。谁道投鞭飞渡,忆昔鸣髇血污,风雨佛狸愁。季子正年少,匹马黑貂裘。　今老矣,搔白首,过扬州。倦游欲去江上,手种橘千头。二客东南名胜,万卷诗书事业,尝试与君谋。莫射南山虎,直觅富民侯。

此稼轩39岁出任湖北转运副使,江行过扬州作。前半自序少年时与耿京举兵抗金,及直奔敌营擒拿叛逆,奉表南归之经历。后半则写中年强国富民之襟抱。陈廷焯赞为"飞行绝迹"之作。"笔力高绝,落地有声……结笔有力如虎。"洵非虚语。

再如文天祥之《酹江月·驿中言别友人》乃步和东坡《念奴娇·赤壁怀古》之作:

> 水天空阔,恨东风不借、世间英物。蜀鸟吴花残照里,忍见荒城颓壁。铜雀春情,金人秋泪,此恨凭谁雪。堂堂剑气,斗牛空认奇杰。那信江海余生,南行万里,扁舟齐发。正为鸥

盟留醉眼，细看涛生云灭。睨柱吞嬴，回旗走懿，千古冲冠发。伴人无寐，秦淮应是孤月。

苏作缅怀往古英灵，文作写救亡壮志，后先辉映，可裂金石。

诗词唱和作为一种宝贵传统，小而可锤炼技巧，活跃文思，大而能感发意志，流通精神。钟嵘所云"气之动物，物之感人，故摇荡性情，形诸舞咏，照烛三才，晖丽万有"，可借此而得以呈现心灵之奇光异彩，并获得崇高而美妙之美感享受。故此道一兴，千古不废。开国之初，即有毛柳唱和之动人场面。1950年国庆晚会上毛泽东鼓励亚子先生说："为什么不填词志盛呢？我来和。"于是柳亚子即席作《浣溪沙》："火树银花不夜天，弟兄姐妹舞翩跹，歌声唱彻月儿圆。　　不是一人能领导，那容百族共骈阗，良宵盛会喜空前。"

毛公和云："长夜难明赤县天，百年魔怪舞翩跹，人民五亿不团圆。　一唱雄鸡天下白，万方乐奏有于阗，诗人兴会更无前。"

柳词成于顷刻，光昌壮美，才追七步。毛公次韵"万方乐奏""诗人兴会"诸语，写足太平局面与开国气象。毛柳唱和其来已久。1945年10月，柳曾和毛《沁园春·雪》词,中有"才华信美多娇,看千古词人共折腰。算黄州太守,犹输气概,稼轩居士,只解牢骚。更笑胡儿,纳兰容若,艳想秾情着意雕"云云,真有铜山西崩,洛钟东应之淋漓痛快与大美奇情。

波澜万古溯诗源

中国是举世共仰的诗国。我国诗词作品之精、数量之巨，以及文字传本产生之悠久，可谓举世无双。无数诗词巨星用高情大爱、美德妙思创作的旷世名篇，在陶冶世人性灵、塑造民族特质、净化社会风气与焕发创造才能方面都发挥了至关重要的作用，使诗化的中华民族历劫不衰，愈挫愈勇，以蓬勃的生命力，自强不息，勇立潮头，为人类文明与社会进步做出了巨大的贡献。

一

弄清中国诗歌的源头，找出其星宿之海之所在，对于认识中华诗词之本质特点，探究其发展变化的规律，评价其在世界文学中的地位，有着重要的意义。那么，当今流行的以《诗经》为我国诗歌正源的说法，就未免偏颇，值得商榷。此说之兴，始于1931年出版的陆侃如、冯沅君的《中国诗史》。该书受到胡适、顾颉刚等疑古派的影响，把羲、农、尧、舜、禹、汤时代的作品定为伪作，一概排斥，而以《诗经》为我国诗歌的起源。新中国成立以后，此说沿袭下来。20世纪80年代出版，影响巨大的《中国大百科全书·中国文学》前言云："《诗经》是最早的一部诗歌总集。其中最早的诗篇产生于西周初年,最晚的产生于春秋中叶……自古以来'风''骚'并称。《诗经》中的'国风'和《离骚》为代表的楚辞,成了中国古代诗歌的两个典范。"现在看来,这种说法尚未能穷其源,极其至,应予修正。

以《诗经》为代表的诗歌,古代被尊为经典,地位显赫,影响巨大,但并非诗歌的起源。大量的史料说明,中国诗歌的星宿之海应上溯一千年,直到虞舜时代的《卿云歌》与《南风歌》。这是中国诗空的双子星座,是华夏诗情的灵光爆破。下面请看这凿破鸿蒙的破晓雄啼——《卿云歌》:

> 卿云烂兮,纠缦缦兮。
> 日月光华,旦复旦兮。

《尚书大传》记载:舜将禅禹,于时卿云聚,俊义集,百工相和而歌卿云。帝倡之,八伯咸稽首而和。帝乃载歌。

这是一首昭示着从太古洪荒中觉醒的民族之光明的礼赞,辛亥首义后曾作为国歌。

《尚书大传》为伏生所作,他是今文《尚书》的权威,此书信而有征,从未遭到质疑。另一部为王国维、胡适深信不疑的《竹书纪年·帝舜有虞氏》也明载此诗："十四年，卿云见，命禹代虞事。"明言是虞舜禅禹主理国事时作的诗歌。李学勤以为"《竹书纪年》在研究夏代的年代问题上有其特殊意义。正在于它是现知最早的一套年代学的系统"。后来经过我国"夏商周断代工程"的研究，虞舜禅让夏禹继位的时间是公元前2070年，即距今四千多年前的事情。在此之前，虞舜还创作了一首《南风歌》。《孔子家语》卷八云：

　　南风之薰兮，可以解吾民之愠兮。南风之时兮，可以阜吾民之财兮。

它表达了一种仁民爱物的太和气象，而为历代所推崇。这首歌还见于《礼记·乐记》："昔者舜作五弦之琴以歌《南风》。夔始制乐，以赏诸侯。"《史记·乐书》亦云："昔者舜作五弦之琴，以歌《南风》。"王肃注曰："《南风》育养民之诗。"此诗之词出《尸子》及《家语》。《尸子》《孔子家语》皆先秦古籍，传承有序，是胡适所推崇的典籍。

　　然自百年前西学东渐以来，以胡适和顾颉刚为代表的一批新锐学者，大倡疑古之风，不承认商以前的文化为信史，根本否定了尧舜禹的存在，把此前流传的诗歌定为伪作,一概摒弃,而将《诗经》当作诗歌的源头。《诗经》固然是中华诗词的光辉代表,但它只是诗国早期的一段华章,而不是其滥觞的源头。

这种错误的产生,关键在于对夏禹的真实性存在误判。顾颉刚是"疑古派"的代表人物,他在《古史辨》中完全否定尧舜禹的存在,认为《尧典》《禹贡》皆伪书。然其读书未细,成见太深,以致得出违背常识的错误,未免鲁莽灭裂,失去了治学的客观性。在他与刘掞藜的辩论中,在大量事实面前,只好且战且退,强词夺理。最后以"我于此并不抗辩,因为这原是一个假定""以上是说明我所以有'禹为动物,出于九鼎'的假定的缘故。我现在对于这个假定的前半还以为不误,对于后半便承认有修正的必要了"收尾。此种强言饰非,鲁迅先生看不下去了,写了一篇《理水》加以讽刺:

> "这、这、些、些都是费话。"又一个学者吃吃的说,立刻把鼻子胀得通红。"你们是受了谣言的骗的。其实并没有所谓禹,'禹'是一条虫,虫、虫会治水的吗?我看鲧也没有的,'鲧'是一条鱼。鱼、鱼会治水、水、水的吗?"他说到这里,把两脚一蹬,显得非常用劲。

关于"禹"的存在与否，直到王国维的《古史新证》出来以后，才算有了结论。王国维在《古史新证》第二章举出《秦公敦铭》中有"鼏宅禹责"，又在齐侯镈钟上发现有"崇崇成唐……处禹之堵"的铭文，才论定禹史之真实性。并云："夫自《尧典》《皋陶谟》《禹贡》皆纪禹事，下至《周书·吕刑》亦以禹为'三后'之一。《诗》言禹者尤不可胜数，固不待藉他证据。然近人乃复疑之。故举此二器，知春秋之世，东西二大国无不信禹为古之帝王，且先汤而有天下也。"这时顾颉刚才改口说："可见春秋时人对于禹的观念，对于古史的观念，东自齐，西至秦，中经鲁宋，大部分很是一致。"这场公案才算落幕了。历史上虞舜禅让有了有力的旁证，而虞舜诗歌的真实性也应当得到承认了。

二

其实关于这两首诗的著作权，文献昭昭在列，已如前述，本来无可怀疑。

此外，虞舜在诗歌理论上的杰出贡献，更从另一角度强化了他诗歌的地位。如汉代经学大师郑玄在为《诗经》作的《诗谱序》上就曾指出：

> 诗之兴也，谅不于上皇之世。大庭轩辕，逮于高辛，其时有亡，载籍亦蔑云焉。《虞书》曰："诗言志，歌永言，声依永，律和声。"然则诗之道，放（始）于此乎？

这段话出于《尚书·舜典》，中云：

> 帝曰：夔，命汝典乐，教胄子。直而温，宽而栗。刚而无虐，简而无傲。诗言志，歌永言，声依永，律和声。八音克谐，无相夺伦，神人以和。夔曰：於！予击石拊石，百兽率舞。

这是中国最早的文艺理论。它有两个特点，其一是"诗言志"。志，指心中所想，包括志向与感情。诗是表达志向与抒发感情的载体。志者心之所之也。《汉书·艺文志》云："哀乐之心感而歌咏之声发。诵其言谓之诗，咏其声谓之歌……王者所以观风俗、知得失、自考正也。"这说明诗除了抒发情志，还有以观得失的认识作用。朱自清以为这是中国诗论"开山的纲领"。刘勰的《文心雕龙·明诗》亦云："大舜云：'诗言志，歌永言。'圣谟所析，义已明矣。是以在心为志，发言为诗……诗者，持也，持人情性。三百之蔽，义归无邪。持之为训，有符焉尔。"进一步阐发了"志"的意蕴，指出它有规范情意以消邪念的教化功能。这就是圣人的诗教之内容。在我国第一部诗论，钟嵘的《诗品》序中，也说"气之动物，物之感人，故摇荡性情，形诸舞咏，照烛三才，晖丽万有。灵祇待之以致飨，幽微藉之以昭告。动天地，感鬼神，莫近于诗。昔《南风》之词，《卿云》之颂，厥义夐矣"云云，正是对上文的诠释。所谓"摇荡性情，形诸舞咏"就是对"诗言志，歌永言，声依永，律和声"的发挥。"动天地，感鬼神，莫近于诗"，则是与"八音克谐，无相夺伦，神人以和"的思路完全合拍。虞舜的这段文字还对诗与乐、舞的关系做了精辟生动的论述。

三

虞舜不但是杰出的诗人和文论家，还是杰出的音乐家。《尚书·益稷》称："《箫韶》九成，凤凰来仪。"谓九奏以后，凤凰都飞来舞蹈。《论语·述而》又说孔子"在齐闻《韶》，三月不知肉味"，并赞美道："《韶》尽美矣，又尽善也。"真可谓倾倒备至，无以复加了。

总观虞舜，不但是一代圣君，而且还是集诗歌创作、理论于一身的艺术家和音乐家,是华夏文明灵光爆破时代的伟大代表。他以极高的智慧和盖世的才华,点燃了文明火炬,并引领着我们民族攀登到世界文明的高峰。他创作的诗歌及其理论,至少先于印度以口传形式流行的《梨俱吠陀》近一百年,领先于希腊荷马史诗一千年,称它是凿破鸿蒙的诗歌原典是最恰当不过的了。虞舜的诗歌,体现了人类主体对茫茫时空其所处地位的人文学与哲理学的首次审视,以及对于宇宙、人生的宏观而超越的思考。它具有典籍的首创性,及涵盖的广阔性与深邃的思考性,在漫长的历史中,不断成为民族的观照与价值取向和行为方式的模本。武昌首义以后《卿云歌》曾被用作国歌,推荐理由是:"帝舜始于侧陋,终于揖让,为平民政治之极则。""夫舜起匹夫,不私天下,为三千年前东方之华盛顿。"如此评价,真可谓振聋发聩,令人心智大开,并增无限景行仰慕之心。《南风》《卿云》二歌,展现了如此崇高光明的愿景,产生了如此深远的影响,实为人类文明的骄傲。它必将亿万斯年鼓舞着我们奋勇前进。

古体诗词的新生命论

集汉语言文字声情意象之美的传统诗词是中华文化的极品。它以其无穷的艺术魅力和与日共新的生命力，深深影响着、塑造着千百代人民的心灵、品格与价值取向。它是我们民族文化的符号与精神的象征。然而这一珍贵的遗产，近百年来却遭遇到意识形态的丑化和话语霸权的放逐。只是在改革开放以后，才拨开迷雾，走上了复兴之路。本文拟对这段历史略做回顾，并就有关古诗在当下的作用与前景试加缕述。

百年浮沉录

1918年胡适之先生在《建设的文学革命论》中断言："我想我们提倡文学革命的人，固然不能不从破坏一方面下手。但是我们仔细看来，现在的旧派文学实在不值得一驳……因为这二千年的文人所做的文学都是死的，都是用已经死了的语言文字做的。死文字决不能产出活文学。所以中国这二千年只有些死文学。"他在《文学改良刍议》中坚持"文须废骈，诗须废律"，直到晚年仍说"骈体文有欠文明""是中国语文的蛮夷化""（是）中国中古期的杂种"等等。就这样，在胡适及其同志之士的大力鼓吹下，挟着欧风美雨的优势，文坛开辟出白话文的一方新天地，同时也建立了几乎牢不可破的排摒多元的话语霸权。60年来，旧诗被主流文学所摒弃，几乎成了不可接触的瘟疫，成为遗老遗少"迷恋骸骨"的代名词。这些都是我们这辈人所亲经亲历的事实。在这种强势的白话文高压下，甚至连柳亚子先生这位诗坛飞将也不自信了。他在1944年写的《旧诗革命宣言书》中说"旧诗必亡""平仄的消灭，极迟是五十年以内的事"。

然而事实并非如此。就在风狂雨酷、鱼龙惨淡的半个多世纪里，备受煎熬的古诗创作群体仍在顽强地坚持着、守护着古诗的文脉，并以自己的声音呼应着时代的风雷，而且取得了骄人的成绩。20世纪30年代创办的《词学季刊》，首开以现代科学方法研究词学之风，在词谱、词乐、词律、词艺方面取得空前突破之时，还发表了大批忧国伤世、针砭时弊的佳作，涌现出像刘永济、夏承焘、龙榆生、吕碧城等杰出的学者和词家。一些优秀的诗人还获得当局的大奖。如邵祖平的《培风楼诗续存》获得教育部评定的国家学术奖励三等奖；唐玉虬的《国声集》等抗日诗词也于1943年与冯友兰、王力、曹禺、费孝通、周培源、华罗庚等同获教育部褒奖。至于新文学界的巨子如鲁迅、郭沫若、闻一多、郁达夫等也创作了一批大受推崇的旧体诗词。华钟彦主编的《五四以来诗词选》所收旧体诗词即达400余家。刘梦芙《二十世纪中华词选》入选词家838人，词作7000余首。另据胡迎建的《民国旧体诗史稿》所述，此时仅南社诗人即多达千家以上。天津曹纕蘅主持的《采风录》（刊于《国闻周报》）连发旧诗五百期，被誉为"近代诗坛的维系者""一时诗坛的重心"。其数量、质量都令人瞩目。

粉碎"四人帮"以后，特别是改革开放以来，"双百"方针得以贯彻，久受压制的传统诗词获得解放，顿呈井喷现象。中华诗词学会现有会员3万余人，地方各级的会员、诗友约在300万人左右。为纪念抗日胜利六十周年举办的诗词歌咏会，参加者多达25000人，其"骚坛诗社"的活动曾见载于《人民日报》海外版。以中青年作者为主体的网络诗词创作尤为活跃。2003年建立的中华诗词论坛网已拥有会员43000余人。诗词网站的主题帖子总数达900万条之多。诗词之热，正在持久升温，成为文化阵线上一道越来越美丽的风景。

打不死的神蛇

新加坡的诗坛泰斗潘受先生曾说"中国古诗永远是一条打不死的神蛇"。毛泽东也说过："旧体诗词要发展，要改革，一万年也打不倒。因这种东西最能反映中华民族和中国人民的特性和风尚。"它何以有如此顽强的生命力呢？我以为是同以下特点有关：

首先是神奇的汉字。作为古诗载体的汉字，是人类语言、文字中独一无二的天才创造。它具有象形、会意兼及某种程度的标音（如形声字）之特点，而且还有着超常的稳定性、灵活性与呈网状辐射的构词功能，以及词类活用等语法特点，因而最宜于表现意象，能为它提供多元化的文本与广阔想象空间。美国语言学家芬诺洛萨是这样评价汉字的：充满动感，不为西方语法框死。"诗的思维通过暗示来工作……使它孕育，充电，自内发光。在汉语里，每个字都聚存着这种能量。""（它）充满感性的信息，接近生活，接近自然。"安子介先生更以为："汉字是中国的第五大发明。""汉字是'拼形文字'，学了汉字能使人更聪明。""汉字是发展联想的积木，开发智商的魔方。"郑敏认为："汉文字能直接传达文化的感性与知性内容。""汉字是中华文化的地质层。"以上论述极富启发与创见，很符合汉字的特点。就以"人"为例，其篆意像臂膀腿胫之形。"从"字像二人相随。"比"像二人相密。"北"像二人相反。"化"像二人相倒。一正一反，变化之意。"仁"像二人相合，引申为仁德之义。用极简括的造型变化，表现如此丰富深刻的意蕴，可说是天机迸发的创造。

康熙皇帝为宣武门教堂撰联云：

> 无始无终　先作形声真主宰；
> 宣仁宣义　聿昭拯济大权衡。

这副对联表达了他对上帝与人生的觉解，充满哲思妙谛，因而大获法国启蒙主义思想家伏尔泰的赞赏。李鸿章出使英伦，为维多利亚女王祝寿，在纪念册上题词云：

> 西望瑶池降王母，东来紫气满函关。

全用老杜成句，上赞英皇，下切中国，可谓天设地造，妙不可言。英伦政治家与学者名流无不为之倾倒。20世纪的美国顶级诗人埃兹拉·庞德，在谈到意象派的创造时，从不讳言汉字对他的影响。他说："我们要译中国诗，正因为中国诗人把诗质呈现出来便很满足。他们不说教，不加陈述。"他把"从运用浓缩明彻文化面的并置，到应用中国字形结构作为其诗的内凝涡漩力"作为其重要的艺术经验。他的代表作《地铁车站》：

> 人群中出现了那些脸庞
> 潮湿黝黑树枝上的花瓣

就是运用中国诗中常见的"意象叠加"与"错乱语法"来突出意象的视觉性、凸显空间的对位关系的成功例证。

其次是韵律的魅力。古诗的平仄、韵脚,将汉语的顿挫回环之美发挥到了极致。沈德潜云:"诗以声为用者也。其微妙在抑扬抗坠之间。读者静气按节,密咏恬吟,觉前人声中难写,响外别传之妙,一齐俱出。"叶恭绰亦云:"第文艺之有声调节拍者,恒能通乎天籁而持人之情性。"(《古槐书屋词序》)的确如此,诗词声情之美,既可悦听动情,又能强化记忆,有裨构思和欣赏,大增其美感。相似内容,有无韵律之助,高下立判。比如裴多菲的《自由·爱情》,茅盾、殷夫、孙用都有译本。茅盾1923年译自英语的文本是这样的:

　　我一生最宝贵:
　　恋爱与自由。
　　为了恋爱的缘故,
　　生命可以舍去;
　　但为了自由的缘故,
　　我将欢欢喜喜的把恋爱舍去。

而1929年殷夫译自德文的文本则是:

> 生命诚可贵，爱情价更高。
>
> 若为自由故，二者皆可抛。

他把原来的六行压成四行有韵的古诗，却精华尽出，几乎有口皆碑了。韵律感在人们心目中已成为诗的基本要素，甚至积淀为根深蒂固的本能与潜意识了。试想王敦高吟阿瞒的"老骥伏枥，志在千里"，以铁如意击打唾壶的豪情悲慨，东坡居士泛舟赤壁扣舷而歌"桂棹兮兰桨，击空明兮溯流光"时的出尘风度，是何等令人神观飞越。此外，如诗艺之超妙，诗论之精深，诗风之普及，以及其美听易记、有助风雅等特点，都使它成为人们文化生活的首选。我想这大概就是其历劫不衰而常葆蓬勃生机的重要原因吧。

生面话诗坛

百年诗坛虽潮起潮落，但总是不断地向前推进着。早在20世纪之初，诗界内部即已涌动着革新的潮流。梁启超即是"诗界革命"的早期倡导者。他说："欲为诗界之哥伦布，玛赛郎，不可不备三长：第一要新意境，第二要新语句，而又须以古人之风格入之，然后成其为诗。"又云:"能以旧风格含新意境,斯可以举革命之实矣。"这里所说的"旧风格",是指形式格律而言的。梁氏的主张是在保持固有形式的框架内,革新其内容。他与"犁庭扫穴"的胡适之不同,走的是一条渐进的"继雅开新"之路,当时颇受欢迎,风气所被,名作迭出。如康有为的《出都留别诸公》:

> 天龙作骑万灵从,独立飞来缥缈峰。
> 怀抱芳馨兰一握,纵横宙合雾千重。

气势是何等轩昂壮伟。

梁启超的《太平洋遇雨》:

> 一雨纵横亘二洲,浪淘天地入东流。
> 却余人物淘难尽,又挟风雷作远游。

虽经困厄而不坠其凌云气概,固是伟人襟抱。
另如钱名山的《屈原》:

> 饮沆含霞意自哀,三闾情种不仙才,
> 远游已涉青云上,犹为家乡掩涕来。

严复的《人才》:

> 人才鹦鹉能言日,世事蜘蛛换壳时。
> 如此风潮行未得,老夫掩泪看残棋。

以及柳亚子的《空言》:

> 孔佛耶回付一嗤,空言淑世总非宜。
> 能持主义融科学,独拜弥天马克思。

无不想落天外,震灼古今,堪称诗林奇作。

此时的词坛亦异彩腾骞,各具胜景。如吕碧城的《金缕曲·纽约港口自由神铜像》:

> 值得黄金范。指沧溟、神光离合,大千瞻遍。一簇华灯高擎处,十狱九渊同灿。是我佛、慈航叙岸……花满西洲开天府,算当时、多少头颅换。翻史册,此殷鉴。

这是何等的境界、笔力,与何等超迈的历史眼光。

夏承焘先生的《玉楼春·北京看节日焰火,次日乘飞机南归，歌和一浮、无量两翁》：

> 归来枕席余奇彩，龙喷鲸呿呈百态。欲招千载汉唐人，同俯一城歌吹海。　　天心月胁行无碍，一夜神游周九塞。明朝虹背和翁吟，应有风雷生磬欬。

此词作于天安门观礼归来的飞机之上。缩千秋于一瞬，纳万象于毫端，自古词林，无此境界。

无论从哪个角度说，这些作品都是经得起时间检验的诗歌杰作，可却被打入另册，长期见弃于主流文学之外，这难道公平吗？除此之外，新文学的一些主将如鲁迅、郁达夫、闻一多、郭沫若等，也都创作了一批深受大众欢迎的旧体佳作。最为吊诡的是，坚决反对旧诗的胡适，仍不时技痒，写了一批旧诗。据唐德刚说，1960年胡适把新写的《冲绳岛上口占，赠钮惕生先生》交给他。诗文如下：

> 冲绳岛上话南菁，海浪天风不解听。
> 乞与人间留记录，当年朋辈剩先生！

并催他抓紧"与钮惕老联络,赶快把这段历史纪录下来"。更有意思的是,胡适在谈到他用《好事近》词牌填的《飞行小赞》时说:"(这)不是新路,只是我试走了的一条老路。"我们是不是可以认为,反了一辈子旧诗的胡适之先生,却没有能走出旧体诗的"阴影"呢?还是毛泽东最痛快、本色。他对陈毅说:"少时不为新诗,老矣无兴学,觉旧诗词表现感情较亲切,新诗于民族感情不甚合腔,且形式无定,不易记,不易诵。"至于毛泽东本人的诗词,以无产阶级革命领袖的胸襟气度施之于笔墨,其境界之高远,影响之深广,自不待言。在那万马齐喑的年代里,他的作品成了撑起诗坛天宇的大柱,发挥了延续一线生机的巨大作用。

粉碎"四人帮"以后,国步更新,百花齐放。传统诗词得以摆脱桎梏,重获生机。1987年中华诗词学会乃应运而生,《中华诗词》刊物亦问世,成为国内诗歌第一大刊。各地诗词组织与刊物也如井喷一样大量涌现。学会提出的"倡今""知古""求正""容变"等主张,逐渐成为大家的共识。我们今天讨论诗词的发展进步,一定要解决好"当代性"的问题。21世纪的歌者当然要接通文脉,充分体现民族的气派与审美的心理观照,忽视传统必将为大众所摒弃。但我们也不能满足于克隆过去的辉煌，而应当直面现实，勇于开拓与创新，要充分体现创作主体的风采，以自己的声音表现时代的众生相。要以当代情怀、当代视野与当代性的表现技巧来诠释人生、丰富诗境，引领大家提升人文生活的价值，比如对社会正义的坚守，对国族和谐的呵护，对公民意识的培植与对人生终极意义的追求等。

诗是高雅的艺术，诗人既要诗艺完美，更要心灵高尚。一个缺少家国社会之大爱的人，必然心灵鄙琐，无法发现人生价值。诗人同时也是思想者，他的艺术世界应当由纵向的历史与横向的现实与交集于心中的灵光爆破所构建。飞速发展而又缤纷错综的伟大的时代为我们提供了大展身手的舞台。三十年来异常活跃的诗坛已经证明了这一点。

诗贵生新独创。聂绀弩说："吾生俯拾皆佳句，那有工夫学古人。"正是这种主体人格高扬的表现。首届诗词大赛获奖作品《金榜集》中有佚名作者的《喜澳星发射成功》："何必玄玄说太空，澳星发射喜成功。银河水火木金土，半在吾人掌握中。"思路和气象都戛然独创，迥不犹人。该书另一首王巨农的《壬申春日观北海九龙壁有作》："久蛰思高举，同怀捧日心。曾教鳞爪露，终乏水云深。天鼓挝南国，春旗荡邓林。者番堪破壁，昂首上千寻。"通篇以龙为喻，表现改革开放之冲破禁锢、一飞冲天的好势头与大欢乐，雄奇雅健，可谓时代的强音。

2008年抗震救灾中，担负着繁重抗震工作的国务委员马凯在救死扶伤的日夜鏖战中写下了现场实录的《抗震组诗》，其《生死搏斗》云："请挺住，别远走；祖国在，坚相守。派天兵堵鬼门口，争秒分与死神斗。顶断梁开希望路，冒余震救亲骨肉。残垣但见光一缕，钻撬刨搬不撒手。地狱劫生八万还，人间奇迹新谱就。"在泰山压顶、一发千钧的大劫难中，我们的领导者、子弟兵就是这样置生死于度外地去营救同胞，送去生的希望，创造人间奇迹的。

刘征的《赞本多立太郎——一位九十一岁的日本老兵在卢沟桥上下跪谢罪作》："男儿膝下有黄金，一跪翻成丈二身。簸海腥风渺尘芥，堂堂君是大和魂。"虔诚一跪，泯尽恩仇。"簸海"两句天惊石破，把中华民族的重别是非而不念旧恶的伟大胸襟如此厚重地表现出来，并从全新的角度诠释了"大和魂"，可谓开千古诗坛未到之境。

词人蔡世平的《蝶恋花·情赌》写男女的相爱，则是另外一番景象了。"删去相思才一句，湘水东头，便觉呜咽语。……应有天心连地腑，河山隔断鱼莺哭。"（题下小注云:"人与己设情赌:忘他一日,验情之深浅,皆闻'忘'落泪,毛发俱寒,不知心归何处。")这种测试爱情的念头,精灵古怪,从头到尾都是超现代的"非非"奇想。"天心""地腑"怎么"连"?"鱼""莺"会哭吗?俨然是庞德的"意象叠加"与"错乱语法"的匠心移置。它大大强化了"陌生感"与"新奇感"对读者的冲击力度,是善用当代技法推陈出新的成功范例。

老辈词家寇梦碧的《水龙吟·放歌》同样是不可多得的奇情异彩之作。"古愁郁勃填胸,关河纵目迷苍莽。神州一发,齐烟九点,步虚来往……谁辟太初万象,恍当年、巨灵运掌。荒茫百怪,紫肩谁扣,恨留天壤。怀古奇哀,纷来眼底,浩歌休放。怕新声惊起,羲和敲日,作玻璃响。"词人面对浩茫宇宙,变幻世相,提出了一系列的追问,要探究宇宙之所起,生命之所归。一段时空怅惘之情,并化作古愁,纷呈笔底,令人有无穷的感喟。可说是以古为新、接轨当代的漂亮转身。

"诗文随世运,无日不趋新。"这是赵翼的名言。吴之振亦云:"两间之气运,屡迁而益新,人之心灵意匠,亦日出而不匮。故文者,日变之道也……夫学者之心,日进斯日变,日变斯日新,一息不进,即为已陈之刍狗矣……盖变而日新,人心与气运所必至之数也。"说得多么透彻。当代诗词已走出低谷,开始了初步繁荣,但应当看到,真正能打动人心、引领时代潮流之鸿篇力作,还是太少。如何进一步解决继承与创新的问题,十分重要。这取决于我们对理论的自觉,对时代使命的承担,对才艺的精益求精。盛世昌诗,此其时矣!希望普天下的诗人抒彩笔,吐心声,谱写出金声玉振的诗篇,把这个伟大的时代装扮得更加光昌壮丽。

宋词艺术新探

一

词在宋代文学中有着特殊的地位。它由一种源自市井小唱的曲文，逐渐发展成声情佳美、魅力无穷的歌词，并且并辔诗坛，成为韵文领域中极富生命活力的重要体裁。这是宋代词家贡献于祖国文学的一份珍贵遗产。这份遗产值得我们认真整理、研究和加以发扬。

宋词的编纂工作，当时就已开始，长沙有坊刻本《百家词》，闽刻本有《琴趣外编》等，可惜多已亡佚。现在通行的词集，大都是明清两代学者如毛晋、王鹏运、吴昌绶、朱祖谋等整理刊行的。近人唐圭璋先生的《全宋词》更是这方面总结性的成果，光从《全芳备祖》等三种类书中就辑出了佚词1000余首，使宋词总数增至近两万，词家也扩至1300余家。后来孔凡礼先生又从《诗渊》中辑出佚词430余首，这都是可贵的贡献。

然而，对于宋词这一宝藏来说，我们的研究还是初步的。无论辑佚、校勘、注释还是评价等方面，还有很多的工作等待我们去开展。以辑佚而论，300多年前的朱彝尊就曾有感于"海内名山、苔龛石壁，宋元人留题长短句尚多"，需要去发掘，可是我们又做了多少呢？至于类书、方志、书画题记、方外语录、前人笔记中，更是大有可资采掇的。在本书的编纂中，我们对此下了一番功夫，经过同人几年的努力，先后辑出宋人佚词200余首。如安丙的《自赞词》"面目邹搜，行步蘙蘙。人言托住半周天，我道一场真戏耍。今日到湖南，又成闲话靶"，发泄其非罪被贬的孤愤，合押词韵5部，见《鹤林玉露》卷十，是一首生动反映作者之性格的佳作。另如如净和尚的《鹧鸪天》："八月十八钱塘潮，浙翁声价泼天高。尽教四海弄潮手，彻底穷渊辊一遭。　重拣择，不辞劳。要透龙门继凤毛。忽然收卷还源去，万古曹溪风怒号。"随机说法，宗风峻烈，见于《如净和尚语录》，也是很有特色的作品。

在词籍的注释上，目前的情况大都局限于少数名家词，统计也不过2000余首，这对于作品总数超过两万的宋代词库来说，实在是太少。

二

宋词时历千年而盛传不衰，它何以有如此强大的艺术生命呢？这同它为吟坛提供了一种与诗迥异、充满乐感的新体式、新技法、新意趣和新的美学诉求分不开。词不始于宋，而它的发展成熟却成于宋代。毛晋在《刻宋名家词序》中称："夫词至宋人而词始霸，曼衍繁昌，至宋而词之名始大备。"王易在《词曲史》中更进一步说："入宋则由令化慢，由简化繁。情不囿于燕私，辞不限于绮语。上之可寻圣贤之名理，大之可发忠爱之热忱。寄慨于剩水残山，托兴于美人香草。合风雅骚章之轨，同温柔敦厚之归。故可抗手三唐，希声六代，树有宋文坛之帜，绍汉魏乐府之宗。"这些论述是基本属实的。

以词调而论，唐、五代所用，据《花间》《尊前》及《敦煌曲子词集》的统计，总数不过200，而且多为小令，长调不足10首。到了宋代新声竞起，慢词、犯曲层出不穷。光柳永《乐章集》新创词即逾百首。周邦彦主持大晟乐府，又复增演慢曲、引、近，移宫换羽，其曲益繁，《清真集》新见之调即达40种。据《词律》统计，各类词调约860余种，其绝大部分成于两宋词家之手。这不仅是对文学，而且也是对音乐史的巨大贡献。这些新声曲词大大强化了乐感，因而盛行一时，传遍四方，成了当时最流行的歌曲。

从语言上讲，它突破了整齐划一的齐言诗体，一变而为参差错落的杂言形式，既增加了活泼感与错综美，又拉近了与口语的距离，更加自然、真切与生活化。如柳永的《定风波》下片：

早知恁么,悔当初、不把雕鞍锁。向鸡窗、只与蛮笺象管、拘束教吟课。镇相随,莫抛躲,针线闲拈伴伊坐。和我,免使年少光阴虚过。

48字分作11句,2字、3字、4字、5字、6字、7字、8字句都有,且7押仄韵。作者这是用这急促错落的节奏来凸现牵肠挂肚的相思。语极朴实,情极真切,读来火辣辣的,令人有一种震撼心灵的激动。再如王诜的《忆故人》:

烛影摇红,向夜阑。乍酒醒,心情懒。尊前谁为唱阳关,离恨天涯远。　　无奈云沉雨散。凭阑干,东风泪眼。海棠开后,燕子来时,黄昏庭院。

这首自度曲,上片6句,25字,只两押仄韵,句短韵稀,别是一种风致。下片"凭阑干"以下7字,连用5平声,而以上、去收腔,句拗而昕美。非深于审者不易到此。煞拍三句以景结情,弄姿无限,最是当行本色。再如李清照之《声声慢》上片:

> 寻寻觅觅，冷冷清清，凄凄惨惨戚戚。乍暖还寒时候，最难将息。三杯两盏淡酒，怎敌他晚来风急。雁过也，正伤心，却是旧时相识。

开头连用14个叠字。全片多以啮齿叮咛的声吻，刻画其惝恍错愕的悲感，字字奔心，声声哽咽，令人读来酸鼻。又如《一剪梅》词，本周邦彦所创，60字，12句，上下片各押3平韵。至蒋捷则衍为句句相押，连用12平韵之体，如他的《一剪梅·舟过吴江》：

> 一片春愁待酒浇，江上舟摇，楼上帘招。秋娘度与泰娘娇，风又飘飘，雨又萧萧。
> 何日归家洗客袍？银字笙调，心字香烧。流光容易把人抛，红了樱桃，绿了芭蕉。

读来如听春雨打篷声，令人清想无尽。毛晋所谓"字字妍倩，真六朝喻也"，其情致绵丽处，的确有诗笔难到之境。

三

词较诗晚出，作为一种新文体，自应有其独具的面目,才能自立门户,传之于后。那么词的本质特征是什么呢?关于这个问题,历来就有"诗庄词媚""词为乐章""词尚轻灵"之说,这些都是很有见地的立论。不过如果从韵致角度考察,我以为它的创作美学可以用"自然韶秀"为基本特色。王国维论词以"不隔"为美,反对堆砌典故。他所说的"不隔",就是"自然"。词是诉诸心灵、配合音乐、贴近口语的艺术,以语浅、情深、音谐、意远为上。凡是脍炙人口的佳作,几乎都是天然好语。柳永的"今宵酒醒何处?杨柳岸、晓风残月"(《雨霖铃》),张先的"沉恨细思,不如桃杏,犹解嫁东风"(《一丛花令》)固然如此,东坡的"明月几时有,把酒问青天"(《水调歌头》),辛稼轩的"可怜今夕月,向何处,去悠悠"(《木兰花慢》)亦何尝不如此?即以工于刻画的周邦彦来说,其代表作《六丑》起句云"正单衣试酒,恨客里光阴虚掷",结拍云:"漂流处,莫趁潮汐。恐断鸿、尚有相思字,何由见得?"追惜落花,意折而层深,细细读来,并不幽涩。另如姜白石精心结撰的《暗香》词,起云:

> 旧时月色,算几番照我,梅边吹笛。唤起玉人,不管清寒与攀摘。何逊而今渐老,都忘却春风词笔。但怪得竹外疏花,香冷入瑶席。

9句中只用了一个常典——何逊，来铺垫暮景颓唐的心绪。29个仄声字中，去声达11个之多。中间用"算""唤""但"诸领字串起，既发词，又美听，句式活泼，富于变化。上口一念，能令舌本生津，与诗迥然异趣。这些可说是词所应具的当行本色。

当然，任何艺术，不会是一副面孔。风格多样才是成熟的表现，强调"自然韶秀"并不排斥艺术的多样性，而且宋代词坛本身就是不断发展演变的。其前期以尊体立范为主，刻意创新，求与诗异。中期以后，地位已经确立，又逐渐出现了向诗、赋、散文的某种程度的靠近，于是开始了向雅的某种倾斜。苏东坡就是这样一个代表。他自创的《哨遍》，简直就是《归去来兮辞》的改写。"为米折腰，因酒弃家，口体交相累。归去来，谁不遣君归……但知临水登山啸咏，自引壶觞自醉。此生天命更何疑，且乘流遇坎还止。"杂用平仄韵相押，散文化、议论化的成分很浓。再如辛弃疾的《品令》：

> 更休说，便是个、住世观音菩萨。甚今年、容貌八十岁，见底道，才十八。　　莫献寿星香烛，莫祝灵龟椿鹤。只消得，把笔轻轻去，十字上，添一撇。

这首寿词写得极风趣、俳谑、口语化，混押十五、十六、十七3部之韵，也是散文化的典型作品。

词作为一种新声，比诗有更大的灵活度，除了句式的变化外，用韵上也大为放宽。如果说唐人小令还基本上用诗韵相押的话，那么到了宋代就有了很大的解放，明显地向口语靠拢。朱敦儒曾拟应制词韵16条，外加入声4部，总共不过20韵。绍兴二年（1132）刊印的菉斐轩《词林要韵》则分19部。清人戈载根据历代名词归纳成的《词林正韵》也只19部（前14部辖平、上、去三声，后5部为入声），基本上是从宋词用韵中概括而成的。韵的放宽，无疑是真正的松绑，它给作者带来了很大的选择余地，尤其是入声的运用允许跨韵相押。辛弃疾的《品令》就是一个显例，苏东坡的名作《念奴娇》也是如此，以至于清人毛奇龄发出了入声可"展转杂通"的感叹。

四

宋词在美学诉求上也有许多创新。从形式美上讲，它巧妙地解决了"多"与"一"的问题，突出体现词的错综之美。无论从句式、韵位还是章法结构上，它长言短句，韵脚多变，有间句韵、每句韵、数句一韵、平仄换韵等，寓整齐于变化中，将趋同心理与求变心理很好地统一起来，既突破了齐言体的呆板结构，又从杂言中体现规律，平衡而不对称，参差而不零乱。现存的800多调2000多体的词牌格式，可说是变化无穷的万花筒。这不仅是各种诗体无法比拟的，而且有极大的包容性，可以为各种语汇、情绪和物象提供恰当的表现形式。这些格式的创造都是词家苦心经营的美感经验的结晶。即使是一些不为人知的僻调，也蕴含着不少美的基因。例如《折花令》：

> 翠幕华筵。相将正是多欢宴。举舞袖、回旋遍。罗绮簇宫商，共歌清美。　　莫惜沉醉。琼浆泛泛金尊满。当永日、长游衍。愿燕乐嘉宾，嘉宾式燕。

上下片各5句26字，3押仄韵。此调见于《高丽史·乐志》，本为高丽《抛球乐》舞队曲，仅存此一首传世。然而音节和婉，变化有致，还可见出两国间古代文化交流之亲密关系。

从表现技巧上讲，宋词中许多手法有超前意识，与现代派的某些理论十分近似。如法国马拉美（1842—

1898）所主张的"采用错乱语法""抽掉连接元素,使事象完全独立",以及庞德强调"浓缩明彻文化面的并置""应用中国字形的结构作为其诗的内凝涡漩力"等等意象叠加的理论,在宋词中都可找到很好的例证。范仲淹的《苏幕遮》:

> 碧云天,黄叶地。秋色连波,波上寒烟翠。
> 山映斜阳天接水,芳草无情,更在斜阳外。
> 黯乡魂,追旅思。夜夜除非,好梦留人睡。
> 明月楼高休独倚,酒入愁肠,化作相思泪。

上片所述诸景,几乎是没有关联词的意象并列。下片"夜夜除非",玩味其意当作"夜夜——除非好梦留人睡"才顺。作者故意用此错乱句法,句断而意不断,来表现其惆怅、错愕的心态,以美景衬离情,遂成绝唱。贺铸的《青玉案》"若问闲情都几许?一川烟草,满城风絮,梅子黄时雨",连用三个排句,极力铺衍、堆垛,就将难以形容的、抽象的情绪物化为鲜明、饱满、新奇而流动的意象。

至于时空交错、多重暗示等技法,在宋词中也是屡见不鲜的。如李祁的《浪淘沙》:

拍手趁西风，惊起乖龙。青山绿水古今同。
唯有一轮山上月，长照江中。　　一点落金钟，
浑似虚空。道人不住有云峰。但是人家清酒瓮，
行处相逢。

山月长照江中，着一"长"字，便将时空打通，交错在一起了。上面冠以"唯有"，则表明了物在人亡的感慨。"一点落金钟"，是金钟的声音散落在茫茫的旷野，还是山月倒映在盛满清酒的金杯？无论是哪种都能在读者心中唤起诗意的联想，这就是多重暗示的美学效用。一个骖龙驭凤游于无穷时空的道人形象，在词中被多棱的光谱过滤，而显得熠熠生辉。又如僧仲殊的《诉衷情》：

清波门外拥轻衣，杨花相送飞。西湖又还
春晚，水树乱莺啼。　　闲院宇，小帘帏，晚
初归。钟声已过，篆香才点，月到门时。

词写晚归的僧人。下片6句纯用物象，将自我完全融入了浑然一体的存在。这不正是所谓"任无我的'无言独化'的自然作物象本样的呈露"吗？

　　意象的多重性，在宋词中表现得尤为丰满。即以"斜

阳"一词而论，便有多种象喻的意义。如"斜阳冉冉春无极"（周邦彦《兰陵王》），此处"斜阳"指时光，是字面本义，但续以"冉冉"二字，略带一点汇通时空的意味。"休去倚危栏，斜阳正在，烟柳断肠处"（辛弃疾《摸鱼儿》）中，"斜阳"则隐指国事的危急。而王沂孙的《齐天乐》中所写"病翼惊秋，枯形阅世，消得斜阳几度？"则表现出一种行将死亡的忧生之嗟叹了。"斜阳"一语，经过词人不断引述，磨勒，已获得一种新的意蕴，而成为一种语码，这是我们解读时需要细心梳理的。譬如东坡《水龙吟》中的杨花："似花还似非花，也无人惜从教坠。抛家傍路，思量却是、无情有思。"这里的杨花，显然与清波门外"杨花相送飞"者不同，它实质上是指风尘女子，是对那些被蹂躏的女性所抛洒的同情之泪。

五

从思想角度看，宋词也颇有与诗不同的眼光与境界。比如对女性美的表现，它就不只停留在玩赏的阶段，而是体现出了新的尊重与爱慕的成分，甚至将女性作为某种理想化身而加以讴歌。"衣带渐宽终不悔，为伊消得人憔悴"，这是柳永的痴情苦恋；"琵琶弦上说相思，当时明月在,曾照彩云归",这是晏几道心中的华严妙境;"冰雪透香肌,姑射仙人不似伊。濯锦江头新样锦,非宜。故著寻常淡薄衣",这是东坡眼中的品格高绝的女性;"众里寻他千百度,蓦然回首,那人却在,灯火阑珊处",这是稼轩的瓣香所在;"却笑英雄无好手,一篙春水走曹瞒。又怎知、人在小红楼,帘影间",这是姜白石诚心膜拜的女神了。宋代词人的墨光所射,已荡涤了狎客的污泥浊水,赋予女性一种超凡脱俗的品格,将对异性的爱慕升华到一个新的高度,不能不说是一种很大的进步。

此外,生命意识的深化,也是宋词中值得注意的变化。诗人是敏感的群体,对生命的关注一向十分强烈。啼饥号寒、悼亡怀旧差不多成了永恒的话题。然而词人对生命的体认并不满足于此。他们在对个体生命的无常与宇宙的永恒的体认上,要更为深刻,在表现流光易逝的无奈时,也更为深入、细致和成功。如晏殊的《浣溪沙》:

> 一曲新词酒一杯,去年天气旧亭台。夕阳西下几时回？　　无可奈何花落去,似曾相识燕归来。小园香径独徘徊。

面对无限的时空,作者深感浮生短促,而发出了"夕阳西下几时回"的喟叹。这是对生命本体的一种思考,他以依黯的心情表达了自己的无奈,千余年来不知打动了多少人的心。宋祁的"浮生长恨欢娱少,肯爱千金轻一笑。为君持酒劝斜阳,且向花间留晚照"(《玉楼春》),虽机轴略同,而深浅有别了。此外如秦观的"落红铺径水平池,弄晴小雨霏霏。杏园憔悴杜鹃啼,无奈春归"(《画堂春》),卢祖皋的"杜鹃啼老春红,翠阴满眼愁无奈"(《水龙吟》),陈著的"雨帘高卷,见榴花、应怪风流人老。是则年年佳节在,无奈闲心悄悄"(《念奴娇》),都是敏感诗人对生命匆遽的一种叹惋。"无奈""无可奈何",是很有力度的词语,它意味着理性对情感"误区"无法自已的顺从与溺化。"桓子野每闻清歌辄唤奈何"(《世说新语》)、晏几道"别多欢少奈何天",可说是汤显祖的"良辰美景奈何天"的语源。这种对转瞬即逝的美好光阴的依恋,必然触发缕缕悲绪,使人格得到某种净化与升华。

宋代是一个理学发达的朝代。长于理性的思考也在后期的词中时有反映。以月亮而论,辛稼轩的"可怜今夕月,向何处、去悠悠。是别有人间,那边才见,光景东头"(《木兰花慢》)早已为人熟知。稍后的汪莘问月之作"听说古时月,皎洁胜今时。今人但见今月,也道似琉璃。君看少年眸子,那比婴儿神彩,投老又堪悲。明月不再盛,玉斧亦何为?"(《水调歌头》)亦可谓富于想象与推理了。至于东坡的《水调歌头》"人有悲欢离合,月有阴阳圆缺,此事古难全。但愿人长久,千里共婵娟",它所表现的敻绝尘寰的宇宙意识,更是令人钦服不已。

宋词是一座精美辉煌的文学宝库,它凝聚着两宋词家的才华和匠心,是他们艺术生命的结晶。在这座画廊里漫游,就仿佛置身于时光隧道之中,可以形象地感受历史的情态,体味其芬芳优美的人文情怀,并获得人生的启迪、艺术的经验和巨大的美学享受。希望能有更多的爱好者与我们一道踏上词艺探胜之旅。

·
·
·

宋词流派说略

在我国灿烂的文学遗产中,古典诗词是极为珍贵的部分。诗词是最高的语言艺术。我国的古典诗词是声情意象诸因素最完美的统一体,具有光景长新的艺术魅力。从《诗经》《楚辞》以下,有多少名篇佳构为人们传诵至今。这是它的巨大而持久的艺术生命的生动证明。

我国的律体诗,发展到唐代已是名家辈出、佳作如林,臻于极盛了。入宋以后,杂言形式的词体有了长足的发展,骎骎然几欲凌驾诗坛而上之。有宋一代,词家之多,词作之盛,可谓空前。流传至今的,犹有两万余首,1400余家。据《钦定词谱》统计,光各种词牌即达820余调,2300百余体,这是何等宝贵的音乐文学的财富。王易在《词曲史》中称道:"入宋则由令化慢,由简化繁。情不囿于燕私,辞不限于绮语。上之可寻圣贤之名理,大之可发忠爱之热忱。寄慨于剩水残山,托兴于美人香草……故可抗手三唐,希声六代,树有宋文坛之帜,绍汉魏乐府之宗。"可谓要言不烦。唐诗与宋词,的确是我们民族诗歌史上两座高耸入云的丰碑。它们像辉耀苍穹的双子星座一样,将亿万斯年供我们瞻仰和学习。

作为一种新的文体,词与诗有什么不同呢?吴兴祚在《词律序》中曾说:"诗之变古而律,其法犹宽;至诗变而为词,其法不得不加密矣。何者?词为曲所滥觞,寄情歌咏，既取丰神之蕴藉，尤贵音调之协和。"这和沈义父《乐府指迷》中所说的"音律欲其协，不协则成长短之诗；下字欲其雅，不雅则近乎缠令之体；用字不可太露，露则直突而无深长之味；发意不可太高，高则狂怪而失柔婉之意"可谓一脉相承，代表了传统的看法。在他们心目中，词的风格应当不同于诗的严整、典博与宏肆，它是以精丽、隽永、摧刚为柔的蕴藉风格为本色特征的。王国维在《人间词话》中也说"词之为体，要眇宜修，能言诗之所不能言，而不能尽言诗之所能言。诗之境阔，词之言长"，仍然是这样一种观点。

　　文各有体。一般说来，用不同于写诗的方式来作词是理所当然的，不然就失去了自家面目而无以自立了。词之所以能异军突起、别张一帜于诗坛之外，音乐性可说是它的一个极为重要的特点。它是介于文学与音乐之间的边缘艺术，既具有文学的视觉感染力，又具有音乐的听觉感染力。词是按照一定的曲度声情而填以相应的文词的。它的可歌性、旋律美、节奏感，与它的文学性相得益彰，大放异彩，能动人于不自觉之中。姜白石《过垂虹》诗云"自作新词韵最娇，小红低唱我吹箫。曲终过尽松陵路，回首烟波十四桥"，颇能表现这种音乐文学的佳美韵味。

词又叫长短句,参差错落的句式与整齐划一的诗格是大为不同的。这种活泼的句式既便于达情状物,尤利于按拍倚声。这就赋予它以一种新于诗歌并优于诗歌的手段,去开拓新的天地。在两宋词人的辛勤耕耘下,词这株艺苑新葩,终于长成上干云霄的参天大树。

在三百余年的两宋文坛上,最为成功、最有创造性、最蔚成风气、最能表现人们细微的感情生活的莫过于词了。词的萌芽阶段,虽可溯至隋唐,然而它的成熟与完善却在宋代。词派的产生,也是始于宋代。后世千流百汇,皆导源于此。

文学上的流派,是指在创作方法、审美意识、风格倾向上有着某种一致性的群体而言的。文学流派的产生,是文学发展与繁荣的标志之一。一般说来,形成某种流派,应当有杰出的创作实践,应当有某种转移风气的社会效果,应当有一定的崇奉与追随者,应当有一套理论和方法,还应当具有其发展与流传的序列。所谓文学的流派,当然只能是一个大致的框架,不可过于拘泥。具体作家的风格,是会有发展的,甚至是多元的。写"系取天骄种,剑吼西风"的贺方回,并不碍其发出"一川烟草,满城风絮,梅子黄时雨"的低吟远慕来。

然而,从流派的角度进行宏观的考察,对我们从事文学研究与评论来说，却是非常必要的。因为它给予我们一个基本的尺度，可据此去把握和鉴别对象的共性和特质，可以按照系统性的原则去认识事物并进行评价。一个作家艺术风格的形成，总要自觉或不自觉地受到传统或外界的影响。孤立的、与世绝缘的作家是不存在的。因此，我们对一个作家的作品进行研究时，必须把他置于一种历史背景中，用联系的观点考察他的因、革、承、变等方面的情况，才能比较准确、比较深刻地了解对象，才能做出比较恰当的评价来。

自从钟嵘在《诗品》中提出流派分析的观点以来（尽管还不完善），后世的文学评论家们大都注意从流派的观点考察文艺现象，比如杜甫的《戏为六绝句》之三：

> 纵使卢王操翰墨，劣于汉魏近风骚。
> 龙文虎脊皆君驭，历块过都见尔曹。

这首诗充分肯定了初唐四杰（举卢、王，而杨、骆可知）改革六朝宫体颓风的贡献，认为纵然卢、王还不及汉魏诗风之高古，能接近《风》《骚》，但他们仍是龙文虎脊般的天厩骏马，在"历块过都"的风驰电掣般奔走中，会使你们（尔曹）这些醉心六朝文风的文人们相形见绌、望尘莫及。这就是用流派的观点进行评论的。

元遗山的《论诗》绝句在评价初唐文风时也说：

沈宋横驰翰墨场，风流初不废齐梁。
论功若准平吴例，合著黄金铸子昂。

他认为沈佺期、宋之问诸人崛起初唐，虽有新意，但仍沿袭齐梁余风。只有陈子昂才首唱高雅，一扫六朝纤风。这种功绩真该为之黄金铸像才是。近人夏承焘先生著《瞿髯论词绝句》，也是采用这种传统的形式品评历代词家的。其咏辛弃疾云：

金荃兰畹各声雌，谁为吟坛建鼓旗？
百丈龙湫雷蟄底，他年归读稼轩词。

《金荃》《兰畹》是两部风格软媚的词集，夏先生以为是"声雌"的作品，因而主张以稼轩的豪放词作为吟坛的旗鼓，来变革词风。这是用生动的形象来表达他对婉约与豪放两派的看法。

北宋前期的词坛，仍以小令为主，"花间"和南唐词风的影响比较显著。冯煦《宋六十一家词选·例言》云：

> 宋初大臣之为词者，寇莱公、晏元献、宋景文、范蜀公与欧阳文忠并有声艺林。然数公或一时兴到之作，未为专诣，独文忠与元献学之既至，为之亦勤，翔双鹄于交衢，驭二龙于天路。且文忠家庐陵而元献家临川，词家遂有西江一派。其词与元献同出南唐，而深致则过之。宋至文忠，文始复古，天下翕然师尊之，风尚为之一变。即以词言，亦疏隽开子瞻，深婉开少游。

"元献"即晏殊，"文忠"即欧阳修。冯煦认为晏、欧和婉深致的令词是北宋前期词坛的突出代表。然而当时的情况是，因袭多而创辟少，还不具备开宗立派的条件。当时的词家中，如范仲淹、潘阆诸人，其某些词作也能拔出于花间、南唐的藩篱而自具面目，然大都单篇孤句，尚不足以转移风气，别张一军。柳永、张先辈出，以慢词新声，噪名天下，对词的发展贡献很大。然究其风格，基本上仍不出花间、南唐的老路。好比治河，不过把它开宽挖深而已。真正给词坛带来根本性变化，扫却前迹、别发巨响的是苏东坡。他的清雄自放的词作，极大地震动了传统的词坛。真如胡寅所说："及眉山苏氏一洗绮罗香泽之态，摆脱绸缪宛转之度，使人登高望远，举首高歌，而逸怀浩气，超然乎尘垢之外。"（《向芗林酒边集后序》）所谓"殆东坡出而词派始分"，就是指东坡能破尽花间、五代的窠臼，凿险缒幽，开径自行的开拓性贡献而言的。从此以后，词的发展就如江下夔门，千流百派、波澜壮阔地汹涌向前。

关于词派之辨，宋人已有这方面的议论。所谓"雅词""豪气词""俗曲"云云，就是一种词派的分类。如张炎《词源》云："辛稼轩、刘改之作豪气词，非雅词也。于文章余暇，戏弄笔墨，为长短句之诗耳。"这是雅词派的观点。刘克庄《辛稼轩集序》则云："公所作大声镗鞳，小声铿鍧，横绝六合，扫空万古，自有苍生以来所无。其秾纤绵密者，亦不在小晏、秦郎之下。"他在高度评价辛弃疾壮词的同时，提出秾纤绵密一格加以对比。这说明宋人已有比较明显的流派意识了。后世治词者踵事增华，乃趋精密。撮其要者，约有数端。

第一类是以豪、婉为标目的二分法。

明朝的张綖在所著《诗余图谱》中首倡此论云：

> 词体大略有二：一体婉约，一体豪放。婉约者欲其辞情蕴藉，豪放者欲其气象恢弘。盖

亦存乎其人，如秦少游之作，多是婉约；苏子瞻之作，多是豪放。大抵词体以婉约为正。故东坡称少游为"今之词手"，后山评东坡词"虽极天下之工，要非本色"。

这是最有影响的一种观点，历千百年而至今未废。后来的正变之说、刚柔之分，皆袭其余波者也。如王士禛《倚声初集序》所云：

诗余者，古诗之苗裔也。语其正则璟、煜为之祖，至《漱玉》《淮海》而极盛，高、史其大成也；语其变，则眉山导其源，至稼轩、放翁而尽变，陈、刘其余波也。

又如四库总目《东坡词提要》亦云：

词自晚唐五代以来，以清切婉丽为宗。至柳永而一变，如诗家之有白居易。至轼而又一变，如诗家之有韩愈，遂开南宋辛弃疾等一派。寻源导流，不能不谓之别格，然谓之不工则不可。故至今日，尚与花间一派并行而不能偏废。

再如冯煦《东坡乐府序》所云：

> 词有二派，曰刚与柔。毗刚者斥温厚为妖冶，毗柔者目纵轶为粗犷。而东坡刚亦不吐，柔亦不茹。缠绵芳悱，树秦柳之前旄；空灵动荡，导姜张之大辂。唯其所之，皆为绝诣。

以上诸家分析词派的原则，基本上是一脉相承的。何谓"婉约"？"婉"，即婉转，兼有婉丽、柔媚、婀娜的意思；"约"，即简约，有以少总多、蕴藉深厚的意思。"婉约"一词用以衡文，大致源于陆机《文赋》："或清虚以婉约，每除烦而去滥"。其弟陆云在《与兄平原书》中也提到"兄丞相箴小多，不如女史清约耳"。"清约"，也就是"清虚婉约"的意思，本指文章的简练而言。简练与简单不同，贵在能以少的物象表达丰富深刻的意蕴。张惠言曰，飞卿之词"深美闳约"。"深美闳约"四字，可谓"婉约"一派的确诂。词起于民间，从敦煌曲子来看，内容原比较广泛，中晚唐之际，逐渐为文人雅士所摭拾，受当时文学潮流与社会风气的影响，逐渐趋向于柔婉软媚一路。刘永济《词论》云：

> 盖唐之叔末，国力已微，上好烦声，下习游荡，感发为诗，渐成秾艳妖淫之作。论其风尚，殆与齐梁为近。故词体初出，即以柔丽为宗。

又说：

> 胎息相承，遂开小令宗风。

缪钺《诗词散论》亦云：

> 盖中国诗发展之趋势，至晚唐之时，应产生一种细美幽约之作，故李义山以诗表现之，温庭筠则以词表现之。体裁虽异，意味相同，盖有不知其然而然者。长短句之词体，对于表达此种细美幽约之意境尤为适宜，历五代、北宋，日臻发达，此种境界遂几为词体所专有。

他在《论宋诗》中又说：

> 盖自中晚唐词体肇兴，其体较诗更为轻灵

委婉，适于发抒人生情感之最精纯者。至宋代，此新体正在发展流衍之时，故宋人中多情善感之士，往往专借词发抒，而不甚为诗……由此可知，宋人情感多入于词，故其诗不得不另辟疆域，刻画事理，于是遂寡神韵。

由于这样的历史背景和发展轨迹，"婉约"一派遂成为词坛的"主流"和"正宗"，至少在苏轼以前无人敢与问鼎。

自东坡词出，遂有豪放一派。尽管学术界还有不同的看法，比如有人认为东坡写的壮词没有几首，而且说不上什么豪气，等等。但是决定事物本质的往往不在数量的多少，而在于质量。苏轼虽然写的壮词不多，也与粗犷一路无缘，可就是他那少数几篇豪迈、清雄、旷放、高远的杰作，犹如破空的惊雷、晴霄的雨雹，极大地冲击了滴粉搓酥、莺娇燕姹的词坛，产生了一新耳目、转移风气的作用，流芬余韵，至今未沫。我们能不承认他开宗立派的历史地位吗？"豪放"一词出于司空图《二十四诗品》，其十二曰豪放，下云"观花匪禁，吞吐大荒……真力弥满，万象在旁"，盖指气势的雄豪而言。苏东坡在其《书吴道子画后》云："出新意于法度之中，寄妙理于豪放之外。"可见只有既不悖于法度，又不拘于法度，这种新意和妙理，才是东坡心目中的"豪放"。毛先舒云：

> 东坡《大江东去》词"故垒西边，人道是，三国周郎赤壁"，论调则当于"是"字读断，论意则当于"边"字读断。"小乔初嫁了，雄姿英发"，论调则"了"字当属下句，论意则"了"字当属上句。"多情应笑我、早生华发"，"我"字亦然……文自为文，歌自为歌。然歌不碍文，文不碍歌，是坡公雄才自放处。他家间亦有之，亦词家一法。(《古今词论》)

苏词不尽协律往往如此。苏非不解曲也，盖不欲拘于此而碍文意也，所谓"曲子中缚不住者"正指此类。苏词的"豪放"，包括赋情的豪雄与用笔的恣肆两个方面。毛先舒所拈举的"雄才自放"四字，可为"豪放"词作一疏注。除了豪婉、刚柔、正变之说外，还有两宋说。俞仲茅《爰园词话》云："唐诗三变愈下，宋词殊不然。欧、苏、秦、黄，足当高、岑、王、李。南渡以后，矫矫陡健，即不得称中宋、晚宋也。"吴衡照《莲子居词话》云："词至南宋始极其工。秀水创此论，为明季人孟浪言词者示救病刀圭，意非不足夫北宋也。苏之大、张之秀、柳之艳、秦之韵、周之圆融，南宋诸老何以尚兹。"这是以时限分派，与前述之着重艺术风格与创作方法者有所不同。

第二类为三分法。

汪莘《方壶词自序》首倡宋词"三变"之说：

> 唐宋以来，词人多矣。其词主乎淫，谓不淫非词也。余谓：词何必淫？顾所寓何如尔。余于词所爱喜者三人焉。盖至东坡而一变，其豪妙之气，隐隐然流出言外，天然绝世，不假振作。二变而为朱希真。多尘外之想，虽杂以微尘，而其清气自不可没。三变而为辛稼轩。乃写其胸中事，尤好称渊明。此词之三变也。

汪莘乃南宋时人，其持论已经如此，是服膺于豪放词派者。

清人汪懋麟《梁清标棠村词序》云：

> 予尝论宋词有三派：欧、晏正其始；秦、黄、周、柳、姜、史、李清照之徒备其盛；东坡、稼轩放乎其言之矣。

顾咸三亦云:

> 宋名家词最盛,体非一格。苏辛之雄放豪宕,秦柳之妩媚风流,判然分途,各极其妙。而姜白石、张叔夏辈以冲淡秀洁,得词之中正。

蔡小石《拜石词序》云:

> 词盛于宋。自姜张以格胜,苏辛以气胜,秦柳以情胜,而其派乃分。

上述"三派"之说,实际上是对"豪婉说"的一种局部调整。汪懋麟、顾咸三、蔡小石诸家之说,无非是从婉约中析出秦柳、姜张两个分支罢了。汪莘三变之说,与此不同,乃专指变婉约之体格为雄豪清旷者,是对拔奇领异于婉约词坛之外的三位词家的热情的赞颂。

第三类是主张分为四派的。

周济《宋四家词选序》云:

> 清真,集大成者也。稼轩敛雄心,抗高调,变温婉,成悲凉。碧山餍心切理,言近旨远,

> 声容调度，一一可循。梦窗奇思壮采，腾天潜渊，返南宋之清泚，为此宋之浓挚。是为四家，领袖一代，余子荦荦，以方附庸。

以周邦彦、辛弃疾、吴文英、王沂孙为四派的领袖，主张"问涂碧山，历梦窗、稼轩以还清真之浑化"。清代中叶以后，这种观点的影响是很大的。

主四派者，还有郭麟。他在《灵芬馆词话》中称：

> 词之为体，大略有四：风流华美，浑然天成，如美人临妆，却扇一顾，花间诸人是也。晏元献、欧阳永叔诸人继之。施朱傅粉，学步习容，如宫女题红，含情幽艳，秦、周、贺、晁诸人是也。柳七则靡曼近俗矣。姜、张诸子，一洗华靡，独标清绮，如瘦石孤花，清笙幽磬，入其境者，疑有仙灵，闻其声者，人人自远。梦窗、竹屋，或扬或沿，皆有新隽，词之能事备矣。至东坡以横绝一世之才，凌厉一世之气，间作倚声，意若不屑，雄词高唱，别为一宗。辛、刘则粗豪太甚矣。其余幺弦孤韵，时亦可喜，溯其派别，不出四者。

对婉约一派析而为三，是一种较为细致的分法。

除此之外，还有一些更为细密的分法，如近人詹安泰在《宋词散论》中提出的八派观点：一、真率明朗，以柳永为代表；二、高旷清雄，以苏轼为代表；三、婉约清新，以秦观、李清照为代表；四、奇艳俊秀，以张先、贺铸为代表；五、典丽精工，以周邦彦为代表；六、豪迈奔放，以辛弃疾为代表；七、骚雅清劲，以姜夔为代表；八、密丽险涩，以吴文英为代表。

清人陈廷焯在其《白雨斋词话》中更提出十四体的主张，是最细的分派法。内云：

> 唐宋名家流派不同，本原则一。论其派别，大约温飞卿为一体（皇甫子奇、南唐二主附之）；韦端已为一体（牛松卿附之）；冯正中为一体（唐、五代诸词人以及北宋晏、欧、小山等附之）；张子野为一体，秦淮海为一体（柳词高者附之）；苏东坡为一体，贺方回为一体（毛泽民、晁具茨高者附之）；周美成为一体（竹屋、草窗附之）；辛稼轩为一体（张、陆、刘、蒋、陈、杜合者附之）；姜白石为一体；史梅溪为一体；吴梦窗为一体；王碧山为一体（黄公度、陈西麓附之）；张玉田为一体。

陈廷焯在对词人风格的考察上不能说没有眼力，但这种分法未免过琐。有的地方，如将柳永附于秦观之下，未免倒着冠履了。

近人刘永济先生则主张言派别不如言风会。他在《词论》中说道：

> 文艺之事，言派别不如言风会。派别近私，风会则公也。
>
> 言派别，则主于一二人，易生门户之争；言风会，则国运之隆替，人才之高下，体制之因革，皆与有关焉。……知风会之说，则知欧晏之近延巳者，宋初犹五代风气也；苏柳之分镳并驰者，东坡才大而高朗，耆卿情放而落拓也。南渡之初，国势日弱，朝廷日卑，而上下宴安，志士扼腕，故或放情山水，托庄老以自娱，或叱咤风云，欲澄清而无路，于是有希真、石湖之闲逸，复有稼轩、同甫之激昂。其下者，謏譺自容，纵脱无行，而滑稽无赖之言以兴。及恢复无期，国土日蹙，情志之蓄愤益深，发而为言，婉而弥哀，放而弥痛。中仙、玉田之托物寓情，则其流也。此默深魏氏所谓世愈乱，情愈郁，则词愈幽也。若夫清真、伯可之侪，

> 身在乐府，知音协律之事，所职宜然，故其所
> 为，韵律精切。白石、梅溪、梦窗、草窗诸君
> 承其流风，弥见工丽。斯又体制因革之自然，
> 此数君者动于不得已，非欲以此与前人竞奇也。

这种观点强调环境对词风的影响，是对的。但是它还不能说明，何以有些词格可以跨越时代，历千百年而仍然为人们所洛诵与仿效。词派的观点看来还是不可废弃的。

前人对于词派的种种观点，上面已大致做了一些介绍，从而可以看出诸家见解颇有异同。这种讨论，现在也仍在进行中。个人以为词派的划分，既不能太笼统，又不可太琐碎。太粗，则一片混沌，看不出其间应有的区别；太细，则变成作家风格论了，泯没了他们的共性。在考察词派的时候，我以为应当紧紧把握两点。一是作品中表现出来的艺术特点，一是这种特点的前源与后浪，即这种特点的继承所自，以及它对后世创作所产生的实际影响如何。如果我们把这两点搞清楚了，那么划分词的流派也就可以说"虽不中，亦不远"了。

两宋词坛，万卉千花，令人目不暇给。我们在考察词派时，为了方便起见，不妨从两个层次着手。首先把

它分为基本上按照晚唐五代的传统进行创作的一个大类，这就是习惯上称之为婉约派的一类。再把与这种传统颇为不同的以东坡词为代表的风格另为一类，这就是人们称之为豪放派的一类。这类词家的作品，无论从意象、气势、技法、声情上看，都与前者泾渭分明、路数各异，自然应当让它与前者分庭抗礼、独立成邦。这是第一个层次，是一种基本的划分。它用粗犷的线条将两类风格迥异的词区别开来了。有了这个基础，就可以着手从事较细密的第二个层次的分类了。

如前所述，婉约一类作品无论从时间上、作品上、风格上看都极为丰富，占了宋词中绝大部分，笼统地把它们归为一类，就难以区别它们之间应有的特异性，也妨碍我们进一步地认识和理解它们。这类词我以为可以再分为以下几个部分：

（一）疏俊词派：柳永、张先为代表。以情致疏秀、笔势波峭、语浅意深，能曲折尽意为特点。像"今宵酒醒何处？杨柳岸、晓风残月"（柳永《雨霖铃》），"沉恨细思，不如桃杏，犹解嫁东风"（张先《一丛花令》），皆以生脆喷醒见工。此外如王诜之"烛影摇红，向夜阑。乍酒醒，心情懒。尊前谁为唱阳关，离恨天涯远"（《忆故人》），李之仪之"我住长江头，君住长江尾。日日思君不见君，共饮长江水"(《卜算子》),王观之"水是眼波横,山是眉峰聚。欲问行人去那边?眉眼盈盈处"(《卜算子》),毛滂之"泪湿阑干花著露,愁到眉峰碧聚。此恨平分取,更无言语空相觑"(《惜分飞》),皆俊快流利,明白如家常,都是属于这一派的风格。它们不事假借,很少粉饰,而委婉尽致,妥帖谐协,既明朗,又深切,带有某些民间词的特色。

(二)典丽词派:秦观、周邦彦为代表。上承花间欧、晏之绪余,下开高观国、史达祖、吴文英、周密之风气,张词坛之大纛,为婉约之"正宗",影响既深且广。他们的共同特点是语言醇雅,音律精审,笔致凝练,色泽明丽。贺方回、李清照也基本上属于这一流派。此派名篇佳构,举不胜举,如晏几道的《临江仙》:

> 梦后楼台高锁,酒醒帘幕低垂。去年春恨却来时。落花人独立,微雨燕双飞。　　记得小蘋初见,两重心字罗衣。琵琶弦上说相思。当时明月在,曾照彩云归。

秦观的《浣溪沙》:

漠漠轻寒上小楼，晓阴无赖似穷秋，澹烟流水画屏幽。　　自在飞花轻似梦，无边丝雨细如愁，宝帘闲挂小银钩。

周邦彦的《苏幕遮》：

燎沉香，消溽暑。鸟雀呼晴，侵晓窥檐语。叶上初阳干宿雨，水面清圆，一一风荷举。

故乡遥，何日去？家住吴门，久作长安旅。五月渔郎相忆否？小楫轻舟，梦入芙蓉浦。

贺铸的《青玉案》：

凌波不过横塘路，但目送、芳尘去。锦瑟华年谁与度？月桥花院，琐窗朱户，只有春知处。　　飞云冉冉蘅皋暮，彩笔新题断肠句。若问闲情都几许？一川烟草，满城风絮，梅子黄时雨。

李清照的《醉花阴》：

薄雾浓云愁永昼,瑞脑销金兽。佳节又重阳,玉枕纱橱,半夜凉初透。　东篱把酒黄昏后,有暗香盈袖。莫道不消魂,帘卷西风,人比黄花瘦。

高观国的《少年游·草》:

春风吹碧,春云映绿,晓梦入芳茵。软衬飞花,远连流水,一望隔香尘。　萋萋多少江南恨,翻忆翠罗裙。冷落闲门,凄迷古道,烟雨正愁人。

史达祖的《双双燕·咏燕》:

过春社了,度帘幕中间,去年尘冷。差池欲住,试入旧巢相并。还相雕梁藻井,又软语商量不定。飘然快拂花梢,翠尾分开红影。
芳径,芹泥雨润。爱贴地争飞,竞夸轻俊。红楼归晚,看足柳昏花暝。应自栖香正稳,便忘了天涯芳信。愁损翠黛双蛾,日日画阑独凭。

吴文英的《高阳台》：

　　修竹凝妆，垂杨驻马，凭阑浅画成图。山色谁题？楼前有雁斜书。东风紧送斜阳下，弄旧寒、晚酒醒余。自销凝，能几花前，顿老相如！　　伤春不在高楼上，在灯前攲枕，雨外熏炉。怕舣游船，临流可奈清癯？飞红若到西湖底，搅翠澜总是愁鱼。莫重来，吹尽香绵，泪满平芜。

周密的《木兰花慢·断桥残雪》：

　　觅梅花信息，拥吟袖，暮鞭寒。自放鹤人归，月香水影，诗冷孤山。等闲，泮寒晛暖，看融城、御水到人间。瓦陇竹根更好，柳边小驻游鞍。　　琅玕。半倚云湾。孤棹晚，载诗还。是醉魂醒处，画桥第二，窅月初三。东阑，有人步玉，怪冰泥、沁湿锦鹓斑。还见晴波涨绿，谢池梦草相关。

皆珠鲜玉润、眩目醉心之妙笔。而秦郎思幽，片玉意厚，方回色鲜，漱玉情挚，竹屋句秀，梅溪笔妍，梦窗奇丽，草窗绵密，各具特色，并能尽态极妍也。

（三）清空词派：姜夔、张炎为代表。清劲骚雅、律吕谐协、力扫浮艳、极意创新是他们的共同特点。朱彝尊《黑蝶斋诗余序》云："词莫善于姜夔，宗之者张辑、卢祖皋、史达祖、吴文英、蒋捷、王沂孙、张炎、周密、陈允平、张翥、杨基，皆具夔之一体。"这派词人是以白石为宗主的。白石词从周邦彦一路变来，不过参以江西诗派的瘦硬笔法以矫革其软媚而已。比如姜夔的《念奴娇·咏荷》云：

> 闹红一舸，记来时，尝与鸳鸯为侣。三十六陂人未到，水佩风裳无数。翠叶吹凉，玉容销酒，更洒菰蒲雨。嫣然摇动，冷香飞上诗句。　　日暮。青盖亭亭，情人不见，争忍凌波去。只恐舞衣寒易落，愁入西风南浦。高柳垂阴，老鱼吹浪，留我花间住。田田多少，几回沙际归路。

骨重神寒，清极而奇，真戛然独创之境也。张炎的《甘州》也是运质实于清空，同其沉瀿的。词云：

> 记玉关、踏雪事清游,寒气脆貂裘。傍枯林古道,长河饮马,此意悠悠。短梦依然江表,老泪洒西州。一字无题处,落叶都愁。　载取白云归去,问谁留楚佩,弄影中洲?折芦花赠远,零落一身秋。向寻常、野桥流水,待招来、不是旧沙鸥。空怀感,有斜阳处,却怕登楼。

确是虚实兼到,意度超远,不愧大家笔墨。清空一派,入清以后,最为词家歆慕,时有"家白石而户玉田"之称。在婉约派中,允为大宗。

(四)隐秀词派:王沂孙为代表。后之以咏物言寄托者多取则焉。隐秀者,意隐于文外,句秀于篇中,况周颐所谓"取神题外,设境意中"之谓。具有强烈的暗示性,是这派词作的特点。文字本来有两种功能:指示性和暗示性。直截了当,淋漓尽致,固不失为一种风格,然若隐若现,唤起联想,亦何尝不是文学的胜境呢?法国象征派旗手马拉美说:一语道破,则诗趣索然。品诗之乐,在于慢猜细忖。清人陈廷焯亦云:"发之又必若隐若见,欲露不露,反复缠绵,终不许一语道破。"都是一个道理。王沂孙可说是这方面的一位大师。他的咏物诸篇,感念家国,时时寄托,却字字紧贴题面,无一笔犯复。如《齐天乐·蝉》云：

> 一襟余恨宫魂断，年年翠阴庭树。乍咽凉柯，还移暗叶，重把离愁深诉。西窗过雨，怪瑶佩流空，玉筝调柱。镜暗妆残，为谁娇鬓尚如许？　铜仙铅泪似洗，叹移盘去远，难贮零露。病翼惊秋，枯形阅世，消得斜阳几度？余音更苦！甚独抱清商，顿成凄楚。谩想薰风，柳丝千万缕。

此词有感于元僧杨琏真伽发掘南宋帝后陵墓的暴行而发。词中的哀蝉隐指宋后，皆就人与蝉两面言之。处处写蝉，却处处寓后，不粘不脱，传神之极笔也。同时之唐珏、李彭老、吕同老诸人同赋之《乐府补题》，皆同此旨，遂开隐秀一派之词风。此体一兴，代不乏人，而尤盛于清朝。常州派词人拈出"意内而言外"，强调"寄托"，反对无病呻吟和单纯咏物之风，瓣香所系，实源于碧山。陈廷焯曾谓"读碧山词须息心静气，沉吟数过，其味乃出"，又云"王碧山词，品最高，味最厚，意境最深，力量最重。感时伤世之言而出以缠绵忠爱，诗中之曹子建、杜子美也。词人有此，庶几无憾"。陈廷焯将碧山词推崇如此,主要是肯定他开创了一种不同于平常婉约词家的风格技法吧。他以象征、寄托写词,其影响、贡献及价值是不容低估的。

以上我们就婉约一门析为四类,略加申论,庶几习词者略得蹊径,有所依傍焉。

豪放一类导源于东坡,稼轩继之,其道愈昌,千百年来盛行不衰,遂于婉约之外,别树一帜。然细审之,苏之于辛又有相异之处。苏词以清雄见长,辛词以豪迈见工。苏是"上可陪玉皇大帝,下可陪卑田院乞儿"的旷达散人,辛是"想当年、金戈铁马,气吞万里如虎"的慷慨壮士。二者的气质、襟抱乃至技法固有区别,可析为二类以考察之:

(五)清雄词派:苏轼为代表。如《水调歌头》:

明月几时有?把酒问青天。不知天上宫阙,今夕是何年。我欲乘风归去,又恐琼楼玉宇,高处不胜寒。起舞弄清影,何似在人间!

转朱阁,低绮户,照无眠。不应有恨,何事长向别时圆?人有悲欢离合,月有阴晴圆缺,此事古难全。但愿人长久,千里共婵娟。

蔡绦《铁围山丛谈》云:"(东坡)命(袁)绹歌其水调歌头曰:'明月几时有?把酒问青天……'歌罢,坡为起舞而顾问曰:'此便是神仙矣。'"其清放高旷乃性之自然,故高不可及。两宋词家如黄庭坚、晁补之、叶梦得、葛胜仲、朱敦儒、陈与义、张元幹、张孝祥,以及北国(金)词人如蔡松年、赵秉文、折元礼、邓千江、元遗山等,皆程度不同地受到苏词的影响。

(六)豪迈词派:辛弃疾为代表。雄壮悲凉、豪气纵横是辛词的主旋律。如《破阵子》:

> 醉里挑灯看剑,梦回吹角连营。八百里分麾下炙,五十弦翻塞外声,沙场秋点兵。
>
> 马作的卢飞快,弓如霹雳弦惊。了却君王天下事,赢得生前身后名,可怜白发生。

将整顿乾坤的壮图与白发盈头一事无成的现实,对映写来。极豪纵、极悲凉,这就是辛词的基本格调。南宋的豪放词家,如陈亮、刘过、刘克庄、黄机、葛长庚、陈人杰、刘辰翁等无疑都受到他的影响。元初词人张野有一首"酹辛稼轩墓"的《水龙吟》词,其上片云:

> 岭头一片青山，可能埋得凌云气。遐方异域，当年滴尽，英雄清泪。星斗撑肠，云烟盈纸，纵横游戏。漫人间留得，阳春白雪，千载下，无人继。

表现了深深的崇仰，可见出其影响之巨大。

总之，宋词的流派略分之，不外婉约与豪放两端。细析之，可别为疏俊、典丽、清空、隐秀、清雄、豪迈六派。

当然各家的词风并不是一成不变的，不少词家的作品呈现出多样化的风格。以李清照而言，既有"红藕香残玉簟秋"的芳悱缠绵，也有"天接云涛连晓雾"的雄奇壮阔，还有"守着窗儿，独自怎生得黑"通俗口白。上面所说的两类六派，不过总其大纲借便研讨而已。

· · ·

韵词彩绘映《红楼》

在这个题目之下,笔者所要介绍的是一段与《红楼梦》有关的艺术佳话。

这要追溯到甲寅(1974)之岁。当时北京老词家张丛碧(伯驹)先生,从友人处获知日本某教授(后查知为儿玉达童)曾言及三六桥本《红楼梦》,其情事与高续本大异,如云"宝玉入狱""小红探监""凤姐被休""湘云改嫁"等等。红学家周汝昌先生惊为关系至巨之重大发现,为赋《风入松》多阕以志喜。其一、二两阕是这样写的:

重阳满纸记新红,老眼尚能空。行行说尽当时事,也略同阙史遗踪。不讶猢狲各散,最惊貂狗相蒙。

东瀛触事见华风,秘笈有时逢。是真是幻皆堪喜,向西山凭吊高枫。光焰何劳群谤,江河不废无穷。

翻书时历点脂红,名姓托空空。笔涛墨阵何人事,是英雄霜雨前踪。经济凭他孔孟,文章怕见顽蒙。

黄车赤县伫高风,魂梦一相逢。残篇零落

谁能补？似曾题月获江枫。更把新词歌阕，也知遣韵难穷。

词笔旋折一气，纵横挥洒，真如探喉而出。作为一位视《红楼》如生命的专家，由此引起的激动是可以想见的。词中前阕的"老眼"一句，是从曹楝亭的"老眼题愁素纸空"化出，不是泛笔。"黄车"句，用陈寅恪先生"赤县黄车更有人"诗语，也是涉红之题的。黄车使者，虞初别号，小说家之祖，故以喻雪芹，可谓熨帖。后面的"残篇"与"曾题"两句，也藏有一段故事。1970年秋天，汝昌先生从湖北奉调回京，得以重拾中辍多年的研红故业，心情异常激动。汝昌先生忽然想起雪芹之诗才，竟然未能留下一首完整的诗作，这太遗憾了，灵机一动，就根据雪芹为敦诚题《琵琶行传奇》的剩句"白傅诗灵应喜甚，定教蛮素鬼排场"，一口气补成了三首全篇，其第一首为：

唾壶崩剥慨当慷，获月江枫满画堂。
红粉真堪传栩栩，渌尊那靳感茫茫。
西轩鼓板心犹壮，北浦琵琶韵未荒。
白傅诗灵应喜甚，定教蛮素鬼排场。

此诗一出,不胫而走。甚至有人把这种游戏三昧的才人伎俩,当成了雪芹的原璧,争论颇烈,酿成了一段小小的公案。现在亮出谜底,未免教人忍俊不禁了。("谁能补",是自谦,又是自居,诗家之妙笔,而一"似"字,尤见斤两,丝毫不容借假也。)因其与本题有关,又极风致,故为拈出,以飨读者。

周先生的《风入松》词甫一琢出,北京词坛如夏瞿禅、张丛碧、黄君坦诸老宿都纷纷唱和。特别是徐邦达先生,诗简频寄,佳章迭出。吟咏之不足,又从而为之图。徐先生是书画鉴定专家,又工于诗词,妙擅书画,均能融会众长,自成家数。徐先生下笔珍重,一向不肯轻易示人,因此令人也有"逸少文章字掩将"之叹了,独与周公流水高山,契合最深,运其彩笔,为绘数图。并皆题咏往来,迭相唱和,瑶瑟清笙,具见才人风致。

现在言归正传。徐先生另有写赠周老的咏红彩图二幅,一名《蓬岛传红》,原以取冠汝昌先生之"大陆"(与其兄祜昌先生)手抄甲戌本《红楼梦》残卷之前。画为金碧着色,师宋王晋卿、赵千里等,而不为法缚。图中青鸟翩翥于云端,三山隐现于海上,正是玉溪生"蓬莱此去无多路,青鸟殷勤为探看"诗意的更为具体的描写。徐先生别有《风入松》和韵之作隐括此事,词云:

> 蓬瀛瑶岛影红楼，天半望还空。精魂旧识通灵字，释锒铛、风送行踪（怡红狱释）。芍药眠时韵度，麒麟兆后恩浓（湘云改嫁怡红）。　金陵别去马头风，春尽再无逢（凤姐休归）。芳龄永继终伤断，挹啼痕、梦染吴枫（蘅芜血污香销）。一样迷离槛外，是真是幻难穷（妙姑情事则失记之）。

周先生接读此诗，即走笔申谢，对徐句更有评赞。

这是1974年的事情。到了第二年（乙卯年，1975年）秋天，京中诸词老览胜西山，同寻当时传说正盛的正白旗曹雪芹故居。周先生又赋《浣溪沙》词寄意。邦达先生继而和之。

其后不久，徐先生又补一图赠周先生，图中云岫杳冥，枫树丹黄，右方微露茅茨一角，意即悼红著书老屋也。展卷相对，似闻诵读之声与秋声相和，令人尘积都清。

当徐涉笔之初，先商告周老，周即成长句授赠，中有"溪山染碧事推君"之句。后徐又相告图实绛色皴染，周复续寄一绝句，徐更答之。二公往复投赠，其风趣可以概见。

此图脱稿后,周老贻书赞赏,且有"子野闻歌"之叹。徐因作二绝句书之图后。后又作七律一首:

> 艺学鸠营唤奈何?岂怜子野且闻歌。
> 三分入木何成削?一片呕心不自诃。
> 黄叶江南诗思切,苍山甸外梦痕多。
> 凭君命意萦归意,小笔描情到芰荷。

徐先生是江南人,诗中因看霜叶而联想到苏东坡"家在江南黄叶村"之句,触动了怀乡之念,所以其结尾数句如此。

《南风歌》《卿云歌》，上古诗空的双子星座

《南风歌》与《卿云歌》是4000年前的虞舜所作的诗篇。它气象宏深，流传有序，影响巨大，堪称中华诗国的奠基之作。《南风歌》首见于《礼记·乐记》："昔者舜作五弦之琴以歌《南风》。"《尸子》《孔子家语》等先秦古籍明载其文。诗曰：

> 南风之薰兮，可以解吾民之愠兮。
> 南风之时兮，可以阜吾民之财兮。

这首诗的好处，在于它体现了仁民爱物的崇高境界。它可译作：

> 芬芳的南风哟，可以吹散我百姓的烦恼。
> 及时的南风哟，可以增长我百姓的财富。

从中可见出舜帝关爱百姓的深情。南风，起于春夏之间，回黄转绿，和煦宜人，带来了生机与希望。这里用一个"薰"字概括，浑然天成，把一段衮衮天机与怡和气象生动地表现出来。当令之风叫作时风。有风自南，翼彼新苗，它给人带来丰收的希望。高大的土山曰阜。阜民之财，即财富多得像山一样。多么淳朴的语言，多么深厚的爱心！健康而多财，就是虞舜施政爱民的理想目标。影响所及，后世宫苑多以"南薰"命名。王维也有"陌上尧樽倾北斗，楼前舜乐动南薰"之句，表达了人们对太和盛世的向往。

《卿云歌》，据《尚书大传》的记载，是"舜将禅禹，八风修通……时又百工相和而歌卿云。帝乃倡之曰：卿云烂兮，纠缦缦兮。日月光华，旦复旦兮。"接着是八伯诸臣相与赓和曰："明明上天，烂然星陈。日月光华，弘于一人。"真是群情鼓舞，热闹空前。这是一首礼赞光明的颂歌。卿云，古为祥瑞之兆。《汉书·天文志》云："若烟非烟，若云非云。郁郁纷纷，萧索轮囷，是谓庆云。"这种罕见而美丽的天象，正好出现在吉祥的禅让大典上，自然格外引起人们的注意。这首诗的大意是：

灿烂的卿云哟，你异彩纷呈何等辉煌。
光华四射的日月哟，你日复一日地升起在东方。

好一幅光昌壮丽的图景。总共只有4句16个字，真是以少总多、惜墨如金的手笔。用一个"烂"字形容卿云的光色，接着用"纠缦缦"3个字形容卿云千变万化的动态之美，笔力奇矫，句法高古，为后人开了几多法门。"旦复旦"，一个日出接着又一个日出。"旦"字活用为动词，语省意丰，神完气足，极富变化的力度。它昭示着一个伟大民族已从太古洪荒中觉醒，正充满信心地迎着朝阳高歌猛进。还值得指出的是，《卿云歌》在民国期间两度被用作国歌。推荐人汪衮甫的理由是："帝舜始于侧陋，终于揖让，为平民政治之极则。遗制流传，俾吾人永远诵习，藉以兴起景行慨慕之心，似于国民教育大有裨益。"另一位推荐人顾铁僧进一步指出："夫舜起匹夫，不私天下，为三千年前东方之华盛顿。"如此评价可谓振聋发聩，令人心智大开了。则其影响之巨大与对后人的启迪深远，于此可见。《卿云歌》《南风歌》这样的杰作真的就如同朗照星空的双子星座一样。

说说对联
——中国诗歌最美的形式

对联是诗歌中的华彩乐章，它源于律诗中的颈联和腹联。这两联要求有平仄的协调、对仗的工美，以及词意和句式的相匹，因此对联极具语言的表现张力与空间的对位之美。对仗是汉语言文字天然的属性。刘勰在《文心雕龙·丽辞》中说："造化赋形，支体必双……心生文辞，运载百虑，高下相须，自然成对。"经过天才诗人上千年的锤炼，对联已经成为诗歌的极品，它以少少许胜多多许，是一种寸铁可以杀人的文学利器。好的诗文，必有传世的对联。比如杜甫的《登岳阳楼》"吴楚东南坼，乾坤日夜浮"之雄伟，《秋兴》"西望瑶池降王母，东来紫气满函关"，《咏怀古迹》"三峡楼台淹日月，五溪衣服共云山"，又《秋兴》"香稻啄余鹦鹉粒，碧梧栖老凤凰枝"。刘禹锡《酬乐天扬州初逢席上见赠》"沉舟侧畔千帆过，病树前头万木春"，用荣衰今昔对比写出了"沉舟"与"千帆"，写出了乐观、坚定，可谓深富哲理，气象远大。

当下年味日浓，正好与大家说说春联。采用律诗的对句形式祝颂新春佳节，始自公元965年后蜀主孟昶时期的元日联："新年纳余庆，嘉节号长春。"头句是说新年享受先辈的恩泽，后句是说佳节宣告美灿灿的春光到来，一派喜欣乐观气象。此联一出，八方响应。一百多年后王安石推行新政，写了一首《元日》诗：

> 爆竹声中一岁除，春风送暖入屠苏。
>
> 千门万户曈曈日，总把新桃换旧符。

千门万户无不张贴春联，可见流行之广，同时也显示出民众拥护变法革新，把新桃取代了旧符。据《金钱》杂志公布的两千年来的十大富豪，中国的宋神宗名列第三，就是变法成功的显例。

宋代以后，贴春联成为民众共同喜爱的过年民俗。没有对联就没有年味。著名古典文学家刘盼遂先生说，他在山西过年，听说当时的乡民想贴春联，却找不到会写字的人，于是就用菜碗抹上炉灰一边扣七个圆印，表示"天增岁月人增寿，春满乾坤福满门"的吉祥之意。贴对联已成为过年最不可缺少的仪式而风行全国。

毛泽东高才博学，更是深谙此道，精于联语。他的挽续范亭将军联云：

> 为民族解放，为阶级翻身，事业垂成，公胡遽死？

有云水襟怀，有松柏气节，典型顿失，人尽含悲！

上下两联，格高情重，是一流的传之千古之作。毛泽东还妙用对联来指导工作。"文革"中，刘兴元出任四川"革委会"主任，毛泽东用武侯祠与宝光寺的两副对联提醒他：

能攻心则反侧自消，从古知兵非好战。
不审势即宽严皆误，后来治蜀要深思。

另一副是：

世外人，法无定法，然后知非法法也。
天下事，了犹未了，何妨以不了了之。

多么超脱，富有哲理的启发。

后来我去宝光寺，在方丈室中还看到一副好联："大开户牖吐真气，收拾光芒入小诗。"非常有境界，饱含哲理，可以指导人生。

2018年元旦我还给老家的屈子祠试撰了一副楹联:

　　宏开华夏诗歌史,
　　独立东皇太乙前。

上联是说屈原是我国的诗歌之父,是开辟诗史的伟人。下联是用其《九歌》中的东皇太乙赞美其神圣的地位。

《天保》九「如」，新时代的伟大赞歌

《诗经·小雅》中有篇《天保》诗，12句中连用9个"如"字，祝福一个时代的开始。原文如下：

> 天保定尔，以莫不兴。
> 如山如阜，如冈如陵。
> 如川之方至，以莫不增。
> ……
> 如月之恒，如日之升。
> 如南山之寿，不骞不崩。
> 如松柏之茂，无不尔或承。

意思是说：你得到上天保佑，没有办不成的事。你像山峰一样高耸，像冈岭一样坚定。像方生的春水，浩荡向前。像月亮和太阳一样，永远都会升起，朗照天空。像南山一样长寿，没病没灾。像松柏一样长青，永不凋零。

诗用9种光昌壮丽的物象来祝福年轻国王的事业兴旺发达、完美长久。

这首写于近3000年前的诗，究竟是为谁而作呢？它有着什么样的历史背景呢？原来这里有一段惊心动魄的历史：

公元前841年，在西周首都镐京（位于今陕西西安），广大民众在贵族支持下，造反了。他们冲进王宫，追杀残暴的周厉王，周厉王仓皇地逃到彘地（山西霍州市）去了。民众接着追杀年幼的太子姬静，姬静被辅政大臣召伯虎藏在家中。暴民闻讯赶来，召公交出幼子替死，上演了最早的搜孤救孤故事。一个由周公、召公共同维持政局的时代开始了。14年后，厉王在流放地死去。召公伯虎与周公定乃推举历尽艰辛的太子登上王位，这就是划时代的周宣王。召伯为了迎接新时代的开始，精心创作了这首发千古未有之妙想、寄胸中浩荡之奇情的"天保九如"伟大诗篇，来祝福新王的登基。《诗经》中用真名实姓表现自己参与历史变革者极少，此为特例。

这首诗以层出不穷的博喻手法，用一系列极为生动、光鲜的意象来展现新时代的蓝图：它像山峰一样高耸，像冈岭一样雄伟。像方生的春水一样，浩荡向前。像日月一样，永远升起，朗照乾坤。像终南山一样长寿，没病没灾，兴旺发达。

它是那样光昌壮丽，充满创新的动力和必成的信念，因而能极大地动员民众参与到新时代的创造中。这首近3000年的伟大赞歌，意象之雄奇，句式之活泼多变，已属绝无仅有，而声韵之铿锵错综，尤为难得。韵脚六字：兴、陵、增、升、崩、承，皆为后鼻韵母。与唐宋以来，直至今日之诗韵，毫发不爽，令人叹为观止。这真是中华诗艺的灵光爆破与不朽的高峰。

历史事实证明，召公伯虎的希望，没有落空。周宣王不负所教。他在执政的46年中，任贤使能，天下大治，成为历史上拨乱反正的典型。他延续了文、武、成、康之治，实现了周代的中兴。而召伯虎更老当益壮，出征江淮，大获全胜。《诗经·大雅》中的《江汉》诗云："江汉之浒，王命召虎。式辟四方，彻我疆土。"就是歌颂他的武功之作。召伯虎既是《诗经》的作者，又是《诗经》所歌颂者，这可说是唯一的特例。更为奇特的是，近30年来出土的青铜器中就有"召伯虎簋"（现存于洛阳博物馆），以及可与《诗经》相印证的"五年琱生尊"（现存于陕西扶风县博物馆）二件，皆明确无误地记有召伯虎的名字，这真是不可想象的历史奇迹。一位远古的政治家，就是这样活在辉煌的史籍中与我们的眼前。他在2800年前为创新时代做出的贡献，以及他的品德、才华与智慧，都值得我们尊敬与学习，也值得我们在创造另一个新时代中借鉴与发扬。最后我用小诗一首，表达我的景仰之情：

召伯颂
共和周召纪元新，平暴安民社稷臣。
天保九如真绝唱，千秋百世颂斯人。

...

陵阳,
三星朗朗振诗风

如果说河南新郑的溱洧合流处是"国风"(郑风)的摇篮,湖南汨罗江是伟大骚人的栖息之所,那么,安徽的古陵阳之地则是中华诗国另一方圣地。因为这里曾漂泊过屈子的孤舟,徜徉过谢朓的吟骑,而且还酣醉过太白的诗魂。一千年间,三颗诗坛巨星相继攀升天宇,朗照在陵阳的灵山秀水间。这是历史巧合还是造化的分外垂青?先让我们来听听诗人的吟哦吧:

哀郢
屈原

……

当陵阳之焉至兮,淼南渡之焉如?
曾不知夏之为丘兮,孰两东门之可芜。
心不怡之长久兮,忧与愁其相接。
惟郢路之辽远兮,江与夏之不可涉。
忽若去不信兮,至今九年而不复。
惨郁郁而不通兮,蹇侘傺而含戚。

……

宣城郡内登望

谢朓

借问下车日，匪直望舒圆。
寒城一以眺，平楚正苍然。
山积陵阳阻，溪流春谷泉。

自梁园至敬亭山见会公谈陵阳山水兼期同游因有此赠

李白

……
为余话幽栖，且述陵阳美。
天开白龙潭，月映清秋水。
黄山望石柱，突兀谁开张？
黄鹤久不来，子安在苍茫。
……
闻此期振策，归来空闭关。

令这些千古诗宗如此动情的"陵阳"在哪里？特别是《哀郢》提到的"陵阳"，关系屈原晚年行迹，意义尤为重大。

可惜它一直没有为人注意,无论是学术界还是文化界都极少关注。第一位为《楚辞》作注的东汉人王逸,把"陵阳"解作"凌阳",认为是"意欲腾驰,道安极也",显然未得要领。宋代朱熹在《楚辞集注》中注云"未详",把问题挂了起来。近代学者见仁见智,多泛指地名而少确解。胡念贻先生在《屈原作品的真伪问题及其写作年代》中说:"蒋骥则据《哀郢》'今逍遥而来东'与'当陵阳之焉至兮'二句,认为屈原离郢东下,到了陵阳(今安徽青阳一带),这是他的放逐地点。"这个说法比较精当。在《山带阁注楚辞》卷四中,蒋骥认为:"陵阳在今宁国池州之界,《汉书》丹阳郡陵阳县是也,以陵阳山而名。至陵阳则东至迁所矣……考前后汉志及《水经注》,其在今宁池之间明甚。以地处楚东极边而奉命安置于此,故以'九年不复'为伤也。"这确是一语破的之卓论。按陵阳的确切位置并不在九华山北的青阳附近,而在黄山市境内。今太平湖北岸有陵阳山,即其地也。《大清一统志》云:"太平县有陵阳山……下有三门、六刺滩,舒溪所经。案隋唐志及元和志俱以山载泾县。而太平系唐析泾置,故亦有陵阳山,其实一山也。"陵阳山是屈原放逐最久的地方,也是突出表现其爱国怀乡情结的地区之一。在《哀郢》的尾章云:"曼余目以流观兮,冀一反之何时。鸟飞反故乡兮,狐死必首丘。信非吾罪而弃逐兮,何日夜而忘之!"真是哀恸千古的绝唱。

九年陵阳谪居,在诗人的作品中是否还有痕迹可寻呢?回答是肯定的。请看《招魂》的尾章:

> 乱曰:献岁发春兮,汩吾南征。
> 菉蘋齐叶兮,白芷生。
> 路贯庐江兮,左长薄。
> 倚沼畦瀛兮,遥望博。
> ……
> 湛湛江水兮,上有枫。
> 目极千里兮,伤春心。
> 魂兮归来,哀江南。

这里提到的"路贯庐江"之"庐江"即青弋江。《汉书·地理志》云:"庐江出陵阳东南,北入江。"它表明了屈原正是沿陵阳、青弋江来到长薄一带的。

这条极有价值的佐证充分说明了司马迁在《屈原贾生列传》中肯定《招魂》为屈原所作之正确,从而也有力地驳斥了王逸以《招魂》为宋玉所作之非。千古聚讼,可由此而得到解决,岂非一大快事。还有一条佐证材料,即李白的《同友人舟行游台越作》诗:"楚臣伤江枫,谢客拾海月。怀沙去潇湘,挂席泛溟渤。蹇予访前迹,独往造穷发。""楚臣"句明显是指屈原《招魂》中之"湛湛江水兮,上有枫。目极千里兮,伤春心"。"访前迹"指李白的陵阳漫游,可谓间接证明屈子陵阳漂泊与创作《招魂》之事。

  斗转星移,屈原逝去近八百年后,青年诗人谢朓来到陵阳附近的宣城当太守。这里的佳胜山水激发了他的灵心妙想,创作了一批"圆美流转如弹丸"的清新自然诗作。他把山水诗从玄学的影响下解脱出来,可谓别开风气的一代宗师。如"江路西南永,归流东北骛。天际识归舟,云中辨江树"(《之宣城郡出新林浦向板桥》)不仅语炼意新,而且对仗工整,音节流美,体现了新体诗的特点。其《将游湘水寻句溪》云:"既从陵阳钓,挂鳞骖赤螭……瑟汩泻长淀,潺湲赴两歧。轻蘋上靡靡,杂石下离离。寒草分花映,戏鲔乘空移。"据《宣州图经》"宛溪、句溪两水绕郡城合流",此为其别宣城之作。作者从陵阳山来到句溪,水上流蘋,水下卵石,呈现眼前。"戏鲔乘空"句,写出了溪水澄澈透明,鱼就像在空中游动,是很到位的表现手法。与柳宗元《小石潭记》所云:"潭中鱼可百许头,皆若空游无所依。日光下澈,影布石上，怡然不动，俶尔远逝，往来翕忽，似与游者相乐。"可谓同一妙想。然宗元晚出数百年，若论先机不得不让小谢独步。《宣城集》中有的诗作明显存在屈原的印记。如《赛敬亭山庙喜雨》之"秉玉朝群帝，樽桂迎东皇。排云接虬盖，蔽日下霓裳"，以及《祀敬亭山庙》："翦削兼太华，峥嵘跨玄圃。贝阙视阿宫，薜帷阴网户。参差时未来，徘徊望沣浦。椒糈若馨香，无绝传终古。"用词立意，酷似《九歌》声吻，因此会令人联想到它们与屈原的陵阳流放及《九歌》创作关系，这值得深入探讨。

当另一颗煌煌明星升起在陵阳山上时，已是250多年以后的唐代天宝末年。李白来到陵阳在天宝十二年（753）左右。他先在秋浦（在今池州贵池）住下来，此后两三年间不断漫游于宣城、秋浦之间。舒溪、青弋江及陵阳、敬亭一带的佳山胜水与厚重的人文氛围，令他着迷，接连创作了百余首诗歌，占其传世诗作八分之一以上，其中有关陵阳及舒溪的为数不少。其《登敬亭山南望怀古赠窦主簿》云："溪流琴高水，石耸麻姑坛。白龙降陵阳，黄鹤呼子安。"讲述了陵阳子明于山下青溪钓得白龙，后成仙飞去的传说（见《江南通志》）。在《泾溪东亭寄郑少府谔》云："欲往泾溪不辞远，龙门蹙波虎眼转。杜鹃花开春已阑，归向陵阳钓鱼晚。"则已移家陵阳山中了。其《泾溪南蓝山下有落星潭可以卜筑余泊舟石上寄何判官昌浩》又云："蓝岑竦天壁，突兀如鲸额……所期俱卜筑，结茅炼金液。"也同样吸引诗人，动了卜居之念。蓝山，在泾县西南50里，离陵阳很近。再看李白笔下的陵阳山水："涩滩鸣嘈嘈，两山足猿猱。"（《下泾县陵阳溪至涩滩》）"石惊虎伏起，水状龙萦盘。"（《下陵阳沿高溪三门六刺滩》）奇险之状，惊心动魄。其《泾川送族弟錞》云："泾川三百里，若耶羞见之。锦石照碧山，两边白鹭鸶。佳境千万曲，客行无歇时。上有琴高水，下有陵阳祠。仙人不见我，明月空相知。"则将陵阳秀美迷人的另一面描绘了出来。这里所说的泾川，即青弋江。舒溪流入泾县后亦称泾溪，地当青弋江中游，著名的桃花潭与漆林渡就在这里，它见证了李白与汪伦的友谊佳话。其《赠汪伦》云："李白乘舟将欲行，忽闻岸上踏歌声。桃花潭水深千尺，不及汪伦送我情。"桃花潭在今泾县西南40公里青弋江边的桃花潭镇，与陵阳为近邻。李白赠汪伦的诗还有《过汪氏别业》二首，中云："游山谁可游，子明与浮丘……汪生面北阜，池馆清且幽。"说明汪伦不是一般的村叟，而是家业颇富、敬贤若渴的文士。与李白游桃花潭的，除汪伦外，还有一位万巨。《九域志》云："唐李白与汪伦、万巨游于此潭上。有钓隐台、彩虹冈、垒玉墩，皆当时游咏之所。"（引自《大清一统志》卷八十）李白亦有赠万诗："西经大蓝山，南来漆林渡。水色倒空青，林烟横积素……潭落天上星，龙开水中雾……因思万夫子，解渴同琼树。何日睹清光，相欢咏佳句。"（《早过漆林渡寄万巨》）看来万巨是一位能诗的长者，家住落星潭畔。这也正是李白"所期俱卜筑，结茅炼金液"之所。

李白的陵阳漫游，是一次美妙的诗歌山水之旅。此间的美景是那样深印于诗人的心窝，以至于在夜郎流放时，仍念念不忘。他在《忆秋浦桃花旧游时窜夜郎》诗中说："桃花春水生，白石今出没。摇荡女萝枝，半挂青天月。不知旧行径，初拳几枝蕨。三载夜郎还，于兹炼金骨。"这一带的山水人文，简直成了诗人暮年的精神家园。

陵阳，就是这样孕育和激发了三位伟大诗人的灵感，使他们创作出一批与山川同在、日月齐辉的杰出诗歌。让我们记住这个美妙的地方，去探寻它的秘密，解读它的神奇，提高我们的人生的觉解与创造的才能吧！

独步词场的柳三变

新千年的第一个春天,海内外学者、诗家聚集在武夷山麓,对一千年前的词坛英杰柳永(约987—1053)的艺术成就进行研讨,可谓词林佳话与雍时盛事。柳永原名三变,崇安五夫里人,少有俊才,善为新腔,誉满天下。一西夏归朝官云:"凡有井水饮外,即能歌柳词。"另据《高丽史》卷七十一《乐志·唐乐》的记载:内收大曲7篇,散词44首,可确指姓名的共15首,其中就有柳永8首。影响之广,由此可见。柳永是属于中国的,也是属于世界的,但首先是属于武夷山的。

武夷山的骄子

武夷人杰地灵,神奇的山水孕育了不朽的诗魂。"西昆体"的代表人物杨亿(974—1020)就是柳永的近邻和前辈。十一岁时,杨亿即以神童送阙下试诗赋,授秘书省正字,后官至工部侍郎,文风典丽,取重一代。他在谈到家乡时说:"吾乡建州,山水奇秀。梁江淹为建安令,以为碧水丹山,灵木珍草,皆平生所至爱,不觉行路之远。"其《因人话建溪旧居》诗云:"听话吾庐忆翠微,石层悬瀑溅岩扉。风和林籁披襟久,月射溪光击浪归。露畹荒凉迷草带,雨墙阴湿长苔衣。终年已结南枝恋，更羡高鸿避弋飞"。这条"月射溪光击浪归"的建溪，其支流之一崇阳溪就在柳永的故乡崇安县，他们可说是共饮一溪水的诗词双璧。刘子翚（1101—1147）这位柳永的乡后学是这样赞颂他的："屯田词，考功诗，白水之白钟此奇。钩章棘句凌万象，逸兴高情俱一时。""白水"，为柳永故里地名。百余年后，另一位文化巨人朱熹（1130—1200）也落籍于此，度过了他的大半生。《全宋词》上籍贯可考者867人，其中福建有110人，相当于陕西、广东、广西和山西全部。崇安所属的建州七县有35人，而崇安一县达14人。人才之多，由此可见。附近的麻沙镇，更是当时的印刷中心之一。麻沙版书风行天下，对文化的传播，起到了重要作用。

崇安五夫里的柳氏，得江山之助，科甲鼎盛，人才辈出。据唐圭璋《柳永事迹新证》记载，其父辈4人，胞兄弟3人，子侄2人，皆有科第功名。再据《新修崇安县志》记载，四代出了14位进士，功名之盛，自古罕见。正是武夷的清嘉山水与前辈的文采风流，潜移默化地陶冶了柳永的性灵，激发了他的才气，从而培育出这位独步千古的词坛巨匠。他的《乐章集》大振新声，别开生面，把曲子词推向了新阶段。

柳永出身名门望族，但不是上层社会的顺从子弟。

他可以淡忘荣华富贵，却不能忘情于武夷奇山秀水。武夷月、观风亭，溪山泉石，一直是他心头的情绪，是他歌弦上的重要旋律。如《安公子》云："自别后，风亭月榭孤欢聚。刚断肠，惹得离情苦。听杜宇声声，劝人不如归去。"《过涧歇近》云："回首江乡，月观风亭，水边石上，幸有散发披襟处。"《归朝欢》云："一望乡关烟水隔，转觉归心生羽翼。愁云恨雨两牵萦，新春残腊相催逼。岁华都瞬息，浪萍风梗诚何益。归去来，玉楼深处，有个人相忆。"《思归乐》云："晚岁光阴能几许？这巧宦、不须多取。共君把酒听杜宇，解再三、劝人归去。"《凤归云》云："驱驱行役，苒苒光阴，蝇头利禄，蜗角功名，毕竟成何事，漫相高。抛掷云泉，狎玩尘土，壮节等闲消。幸有五湖烟浪，一船风月，会须归去老渔樵。"回归武夷山中，做一个樵夫渔父，这就是他心灵的乐园，是他抗拒庸俗、保持独立人格的精神支柱。

士大夫的另类

柳永家世儒雅，门多宦达。父亲柳宜官至工部侍郎，二叔柳宣官至大理司直，三叔柳寘为大中祥符八年蔡齐榜进士，四叔柳宏为光禄卿，五叔柳寀官至礼部侍郎，六叔柳察官至水部员外郎。他少小时在祖父柳崇督导下，勤奋学习，写过《劝学》一类的文字："父母养其子而不教，是不爱其子也。虽教而不严，是亦不爱其子也。父母教而不学，是子不爱其身也；虽学而不勤，是亦不爱其身也。是故养子必教，教则必严。严则必勤，勤则必成。学，则庶人之子为公卿；不学，则公卿之子为庶人。"然而这位名门公子、绩学才人的人生道路，却非常坎坷，原因就在于其价值取向不符合上流社会的行为规范。与他家的先辈不同，柳永是一个浪漫型的诗人。他爱好自由放任的生活，特重友谊与爱情，是一个泛爱型的歌者。这在两个方面表现得与正统士大夫阶层的行为模式大相径庭。

第一，是对功名的态度。按理，以柳永的出身、才学与社会背景——王禹偁、孙仅皆世交先辈——青云直上本无问题，然而他却有着另类的追求：对于功名利禄，十分淡漠；对温良恭俭让的儒家规范，不以为然。他率意行事，独往独来，全不把官场的约束放在心上，整天钻在伶工乐妓堆中，翻旧谱，作新声，过着花天酒地的生活。他放浪形骸的行为举止，遭到上流社会乃至皇帝的反对，可他也不在意。《能改斋漫录》云："仁宗留意儒雅……（永）尝有《鹤冲天》云：'忍把浮名，换了浅斟低唱。'及临轩放榜，特落之，曰：'且去浅斟低唱，何要浮名！'"三变由此自称奉旨填词。柳永就是这样一个上层社会的浪子，草根群众的知音。如在《尾犯》云："似此光阴催逼。念浮生，不满百。虽照人轩冕，润屋珠金，于身何益？一种劳心力。图利禄，殆非长策。"又《长相思》云："墙头马上，漫迟留，难写深诚。又岂知，名宦拘检，年来减尽风情。"《看花回》云："屈指荣生百岁期，荣瘁相随。利牵名惹逡巡过，奈两轮，玉走金飞。红颜成白发，极品何为？"珍惜浮生，淡泊功名，这是柳永不同于士大夫主流意识的一个重要方面。从本质上讲，他属于不拘礼法、挑战传统的族群，与柳下惠、宋玉、王子猷一类倜傥不群之士，有笙磬同音之处。

第二，对情爱的耽溺。食色，性也，乃人之常情。柳永不同于一般士人的是对情爱的真情的投入，不加掩饰地倾诉和将它摆在功名事业之上，他可说是一位爱情至上者。在这一点上，他很像晏几道与曹雪芹笔下的红楼公子。且看他的自白："不忍登高临远，望故乡渺邈，归思难收。叹年来踪迹，何事苦淹留。想佳人、妆楼颙望，误几回、天际识归舟。争知我、倚阑干处，正恁凝愁。"（《八声甘州》）"何意？绣阁轻抛，锦字难逢，等闲度岁。奈泛泛旅迹，厌厌病绪，迩来谙尽，宦游滋味。

此情怀、纵写香笺，凭谁与寄？算孟光、争得知我，继日添憔悴。"(《定风波》)——这是对故乡妻子深情的怀念。"拟把疏狂图一醉，对酒当歌，强乐还无味。衣带渐宽终不悔，为伊消得人憔悴。"(《凤栖梧》)"也拟待、却回征辔，又争奈、已成行计。万种思量，多方开解，只恁寂寞厌厌地。系我一生心，负你千行泪。"(《忆帝京》)——这是对情人的刻骨相思。"论篮买花、盈车载酒，百琲千金邀妓。何妨沉醉，有人伴、日高春睡。"(《剔银灯》)"未遂风云便，争不恣狂荡。何须论得丧，才子词人，自是白衣卿相。"(《鹤冲天》)——这是豪客的清狂。"小楼深巷狂游遍，罗绮成丛。就中堪人属意，最是虫虫。有画难描雅态，无花可比芳容。几回饮散良宵永，鸳衾暖、凤枕香浓。"(《集贤宾》)"意中有个人，芳颜二八。天然俏、自来奸黠。最奇绝。是笑时、媚靥深深，百态千娇，再三偎着，再三香滑。"(《小镇西》)——则是狎客的亵媟了。柳词中大半写儿女之情，有的真挚、热烈，有的大胆裸露，因此招人诟病。如果说他把个性的自由看得高于功名利禄的话，那么他对性爱的追求，则比前者更为强烈，更具有野性的冲动。他不满足于偷期的闲情，有的地方已临近色荒的边界了。他的这些行径构成了对主流社会价值观的挑战，因而招致了重重责难。但是，他所追求的精神的自由与个性的张扬,对于诗词创作则是有益的。柳永这个上层社会的浪子,却是伶工歌女的密友和缪斯的化身。他的艺术道路,包括正负两方面,都值得我们认真研究。

流行歌曲的大师

把短小、纤巧的小令发展成繁音纤节、局面开张的慢词,把新兴市民的生活情调引入词中,加以艺术地表现,使之广为流传,蔚成风气,这是柳永的突出贡献。

首先是在词调创制上,柳永的《乐章集》按宫调编次,分上、中、下三卷,明人毛晋又增补"续添曲子"一卷,共收词作212首,内有130余调,其中首见于柳词的约120余调,占全部作品的90%以上,这些都应视为柳永创制的新声。即使同一调名,也移宫换羽,增减摊破,大加变异。如《倾杯乐》8首,分属大石、林钟商、仙吕、黄钟羽、散水诸宫调,字数有94、95、104、106、107、108、116之异,可谓极声情变化之能事。

其次,在押韵上,除了用脚韵而外,还使用了短柱体的句中韵。如《木兰花慢》下片第二字,即安排了一个短韵,使之更为美听而富于变化。如"盈盈、斗草踏青,人艳冶,递逢迎",又如:"云衢,见新雁过,奈佳人自别阻音书。"

此外,在字声的安排上,能严别上去,不苟入声。夏承焘先生曾说:"《乐章集》中,去上、上去连用者,不胜指数。"如"暮霭沉沉楚天阔""更与何人说""自是白衣卿相""换了浅斟低唱"等,其一、二字皆作去上。这是由于去声由高而低,上声由低而高,两声连用,"乃有累累贯珠之妙"。在入声安排上也很严格,如《诉衷情近》两首之起二句作:"雨晴气爽,伫立江楼望处。""幽闺昼永,渐入清和气序。"其第二句之第二字"立""入"皆入声字,倘若换作其他仄声(上或去)便无此效果。如此精密地审音辨韵,以前似无先例。因为柳永是精通音律的专家,才能如此细密。我们知道,音韵四声成熟于齐梁时代,明显地受到江南语音影响。柳永闽人,审音尤为细密。林子有《闽词徵·绪言》称:"闽音不但四声昭然,今平去入皆分阴阳。平之与去,尤绝不混淆。"由此可以推知,柳永审音之精是同武夷方言不无关系的。由他开创的严究声律之风,对后世如周邦彦、李清照、姜白石、吴文英等的影响是十分显著的。这对于歌词的协律美听,多姿多彩,起到了重要作用。然如杨缵等过于苛细，则反碍文思，亦是一病。

回顾柳永的艺术实践，对我们应有许多启发。第一，诗词与音乐的联姻，应是值得我们重视的问题。好的诗词，配上音乐，便可获得强大的艺术魅力而广为流传。

再次，向大众生活汲取营养，提炼语言、铸造新的意象与境界，是增强诗词生命力的关键之所在。诗词只有回归大众，大众才能喜爱诗词。柳永是上一个千年的承平时代之歌者，在新千年来临的今天，在一个更加伟大辉煌的承平时代正在成为现实的时候，我们难道不可以做得比前人更好些，涌现出更多的柳永式的词人来吗？我们应当回应这个挑战，交出一份合格答卷来。

《放翁词》的悲怆色彩

陆游是伟大的爱国诗人，一生精力倾注于诗，词不过为其余事，成就不能与诗相提并论。然而他在词中能摆落故态，直抒胸臆，不撑门面，曲折尽情，却也可补诗之不及而有独擅之胜。前人评价放翁词的不少。刘克庄以为："放翁长短句……其激昂感慨者，稼轩不能过；飘逸高妙者，与陈简斋、朱希真相颉颃；流丽绵密者，欲出晏叔原、贺方回之上。"（《后村诗话续集》）毛晋说："杨用修云'纤丽处似淮海，雄慨处似东坡'予谓超爽处更似稼轩耳。"（《放翁词跋》）夏承焘先生则特赏其"寤寐不忘中原的大感慨，不必号呼叫嚣为剑拔弩张之态，称心而言，自然深至动人"（《放翁词编年笺注·代序》）。以上种种都是从风格上立论的。如果从美学角度加以审视，我觉得贯穿其中的一条主线乃是情感、理想与现实冲突所产生的浓重的悲怆色彩。词，而且只有词，才能如此全方位地反映他的感情、心态的曲折历程。一部《放翁词》，可以说是由忧国伤时的悲慨、情天恨海的苦怀与人生浮脆的浩叹交相鸣奏的悲怆进行曲。本文拟就此三点，分别论之。

忧国伤时的悲慨

这是《放翁词》的基本旋律。陆游对于人生，有着庄严的历史使命感与崇高的价值取向。他以身许国，虽死不辞："一身报国有万死，双鬓向人无再青。"(《夜泊水村》)他节慨凛然，贫贱不移："丈夫穷空自其分，饿死吾肩未尝胁。"(《薪米偶不继戏书》)对于金人入侵、中原沦陷的悲惨局面，他是最积极、坚定的抗争者，毕生为之奔走呼号，虽迭遭挫折，也绝不稍懈。围绕这个主题的词作，约有30首。其中描述抗金活动的有：

青衫初入九重城，结友尽豪英。蜡封夜半传檄，驰骑谕幽并。(《诉衷情·青衫初入九重城》)

当年万里觅封侯，匹马戍梁州。关河梦断何处，尘暗旧貂裘。(《诉衷情·当年万里觅封侯》)

羽箭雕弓，忆呼鹰古垒，截虎平川。吹笳暮归野帐，雪压青毡。淋漓醉墨，看龙蛇、飞落蛮笺。人误许、诗情将略，一时才气超然。(《汉宫春·初自南郑来成都作》)

壮岁从戎，曾是气吞残虏。阵云高、狼烟夜举。朱颜青鬓，拥雕戈西戍。笑儒冠、自来多误。（《谢池春·壮岁从戎》）

这里第一首所述，乃其初官编修时（1163），应三省宰执、枢密院之命，在政事堂代撰致西夏以及中原沦陷区义士的抗金檄文。二、三、四首所言，皆在南郑王炎幕府时事。陆游当时以左承议郎权四川宣抚使司干办公事兼检法官的身份，参与戎机，曾领兵深入"散关""清渭"一带，与金兵有过交锋。由于这段特殊经历，故形诸词笔，便奇伟雄壮，充满了战斗的气氛，堪称开词林未有之境的杰作。

抒写壮志莫酬的孤愤之作有：

当时岂料如今，漫一事无成、霜鬓侵。看故人强半，沙堤黄阁。鱼悬带玉，貂映蝉金。许国虽坚，朝天无路，万里凄凉谁寄音？东风里，有灞桥烟柳，知我归心。（《沁园春·粉破梅梢》）

胡未灭，鬓先秋，泪空流。此生谁料，心

在天山，身老沧洲。(《诉衷情·当年万里觅封侯》)

贪啸傲，任衰残，不妨随处一开颜。元知造物心肠别，老却英雄似等闲。(《鹧鸪天·家住苍烟落照间》)

雪晓清笳乱起，梦游处、不知何地。铁骑无声望似水，想关河，雁门西，青海际。

睡觉寒灯里，漏声断，月斜窗纸。自许封侯在万里，有谁知，鬓虽残，心未死。(《夜游宫·记梦寄师伯浑》)

悲愤哀苦，可裂金石。何以如此呢？我们知道陆游是个始终一节、寤寐不忘恢复中原的爱国志士，可是当时左右政局的有秦桧、汤思退等主和派，他们实际上得到了皇帝的支持。比如岳飞之狱，御史中丞何铸审办无验，欲白其冤，秦桧曰"此上意也"(《宋史·何铸传》)，就是明证。孝宗即位以后，作为太上皇的高宗仍有很大影响，加之孝宗深恐清流结党，处处猜防，重用言官，搏击善类，一时耿直敢为、力主抗金之士，莫不备遭打击。陆游就曾被扣上"交结台谏,鼓唱是非,力说张浚用兵"之罪而遭废黜,致使英雄坐老,壮志成虚。以上数词所表达的就是这样一种报国有怀、请缨无路的深悲大恨。最后一首比较特别,它是以述梦的方式来表现的。这首词作于淳熙初年,当时王炎兴元幕府已解散,这对于陆游以陇右为基地进取长安以图恢复中原的战略,无疑是一个极大的打击。此后他虽被闲置蜀中,然而魂萦梦绕,仍不离西北边陲——雁门、青海一带。弗洛伊德说:凡梦都是愿望的满足。陆游爱国壮图在现实中既无法实现,就只好到梦里去求得片刻的满足了。这首词同他的"僵卧孤村不自哀,尚思为国戍轮台。夜阑卧听风吹雨,铁马冰河入梦来"(《十一月四日风雨大作》)题旨相似,同写其不死的丹心,而词境尤为悲苦凄厉。陆游在临终前半年(嘉定二年七月)写的《跋傅给事帖》中说:"绍兴初,某甫成童,亲见当时士大夫相与言及国事,或裂眦嚼齿,或流涕痛哭,人人自期以杀身翊戴王室。虽丑裔方张,视之蔑如也。卒能使虏消沮退缩,自遣行人请盟。会秦丞相桧用事,掠以为功,变恢复为和戎,非复诸公初意矣。志士仁人,抱愤入地者可胜数哉!"说明了作者的心态,这也正是此类词作孤愤感人之背景所在。

情天恨海的苦怀

陆游在《大圣乐》(即《沁园春》)词中写道:"电转雷惊,自叹浮生,四十二年。试思量往事,虚无似梦。悲欢万状,合散如烟。苦海无边,爱河无底,流浪看成百漏船。何人解,向无常火里,跌打身坚。"这里讲的"悲欢""合散""苦海""爱河",很大程度上是指他在爱情上遭受的折磨而言。陆游的婚姻是一场悲剧。他迫于母命与唐婉的离异,是他一生中最早也是最重的一次打击。众所周知的《钗头凤》就是这一苦难的记录:

> 红酥手,黄滕酒,满城春色宫墙柳。东风恶,欢情薄,一怀愁绪,几年离索。错、错、错!
> 春如旧,人空瘦,泪痕红浥鲛绡透。桃花落,闲池阁,山盟虽在,锦书难托。莫、莫、莫!

此事见于陈鹄的《耆旧续闻》、刘克庄的《后村诗话续集》、周密的《齐东野语》诸书。以上文献作者皆南宋人。陈鹄的年辈与陆游尤近,又曾身至沈园自验诗迹,且与知辰州陆子逸交好,渊源有自,非得于传闻者可比。尽管他的《耆旧续闻》所记仍有若干疑点,然大体可信。而且此词所述的环境,以及它所表现的"错、错、错""莫、莫、莫",怨悔无及的心态,还可以从其他词中找到旁证。比如《解连环》:

> 泪淹妆薄,背东风伫立,柳绵池阁。漫细字、书满芳笺,恨钗燕筝鸿,总难凭托。风雨无情,又颠倒、绿苔红萼。仗香醪破闷,怎禁夜阑,酒醒萧索。　　刘郎已忘故约。奈重门静院,光景如昨。尽做它、别有留心,便不念当时,两意初著。京兆眉残,怎忍为、新人梳掠。尽今生、拼了为伊,任人道错。

请注意这首词的时间——春天,地点——池阁,景物——柳绵、红萼、东风、香醪,心绪——萧索、道错等等,甚至连韵脚也与《钗头凤》词颇多重复——"薄""索""错""阁",四字相同,简直像是同一版本的复制品。下片的"京兆眉残,怎忍为、新人梳掠"二句,更将其眷怀故妻与不满新妇之情揭示无余了。此外,还有一点佐证:在《渭南文集》中,有陆游为其后妻王氏写的一篇《令人王氏圹记》,只99字,仅述其身世、卒年及所出而已,无一字及情。如此冷漠的原因,我以为就在于对唐氏离异的歉恨。另外《钗头凤》中提到的黄縢酒，似也有一定的流通范围。这种名贵的京师官法酒，在临安、绍兴的贵家府第自可觅得，边远外地，就不易了。至于那些买醉的欢场，则是无法享用的。请看以下事实：陆游在严州任上，苦于郡酿不佳，求于都下，偶得一壶，喜而赋诗，有"一壶花露拆黄縢，醉梦酣酣唤不应"（《病中偶得名酒小醉作此篇是夕极寒》）。这也可作为佐证之一。关于陆唐恨情，词里还多次写到，比如《满江红》：

> 杨柳院，秋千陌，无限事，成虚掷。如今何处也，梦魂难觅。金鸭微温香缥缈，锦茵初展情萧瑟。料也应、红泪伴秋霖，灯前滴。

又如《水龙吟·春日游摩诃池》：

> 惆怅年华暗换，黯销魂、雨收云散。镜奁掩月，钗梁拆凤、秦筝斜雁。身在天涯，乱山孤垒，危楼飞观。叹春来只有，杨花和恨，向东风满。

这种梦断香消、雨收云散、镜奁月掩、钗梁凤拆的绵绵无尽的恨情,我以为都是为生离死别的唐氏而发的。它触处流露,意极沉痛,可与沈园诸章相伯仲。

唐婉以后,陆游在的漫长人生旅途中,还有过钟情者,特别是与果州女子的那一段情缘,更使词人心魂迷醉,不能自已。请看以下诸作:

> 鸠雨催成新绿,燕泥收尽残红。春光还与美人同。论心空眷眷,分袂却匆匆。　　只道真情易写,那知怨句难工。水流云散各西东。半廊花院月,一帽柳桥风。(《临江仙·离果州作》)

> 陌上箫声寒食近。雨过园林,花气浮芳润。千里斜阳钟欲暝,凭高望断南楼信。　　海角天涯行略尽。三十年间,无处无遗恨。天若有情终欲问,忍教霜点相思鬓。(《蝶恋花·离小益作》)

> 江头日暮痛饮,乍雪晴犹凛。山驿凄凉,灯昏人独寝。　　鸳机新寄断锦,叹往事、不堪重省。梦破南楼,绿云堆一枕。(《清商怨·葭萌驿作》)

以上三词,皆作于乾道八年服官南郑时期。第一首写于赴南郑途中。他在果州(今南充)小憩时,邂逅了一位女郎,即所谓"记取晴明果州路,半天高柳小青楼"(《柳林酒家小楼》)之时也,分手时缱绻难舍,写下这首哀艳的《临江仙》词以赠。第二首写于别后途经小益(在今广元)时。小益在果州之北,南望果州,遂有"凭高望断南楼信"之句。"南楼"指果州驿馆或樊亭、柳林酒家小楼之类。第三首则写于该年冬季。这时王炎调回临安,兴元幕友星散,陆游也调任成都府安抚司参议官。途中路过葭萌驿,云天南望,仍不能忘情于她。但从"鸳机新寄断锦"看,事已难谐,故有"梦破南楼""绿云一枕"之凄情苦语。此处之"南楼",与小益所述正同,皆指与果州女子之情事,不必求之过深。这段情缘大约是唐婉之后最令陆游动心的了。他在《一丛花》中所写的"樽前凝伫漫魂迷,犹恨负幽期。从来不惯伤春泪,为伊后,滴满罗衣",以及《双头莲》所述"风卷征尘,堪叹处、青骢正摇金辔。客襟贮泪,漫万点如血,凭谁持寄。伫想艳态浓情,压江南佳丽",似皆为伊人而发。陆游是一个感情丰富而又严肃的人。他的爱是一种全身心的投入,而在那样一个艰难人世,就连这一点幸福也不能持久,于是只好在词中倾诉他无尽的哀苦了。

人生浮脆的浩叹

陆游对待人生的态度是复杂的。他既有赞扬锲而不舍的奋斗与英勇反抗的积极一面，又有在无法掌握的命运面前感到茫然无措、听天由命的软弱一面。面对浩茫莫测的宇宙，他时而振奋，时而错愕，时而为浓重的失落感和幻灭感所包围。这种起伏不定的心态，为他的词作增添了不少的悲惋色彩。比如流年的悲叹就是反复出现的一个内容。其《定风波·进贤道上见梅赠王伯寿》云："少壮相从今雪鬓，因甚？流年羁恨两相催"，《赤壁词·招韩无咎游金山》"岁月惊心，功名看镜，短鬓无多绿。一欢休惜，与君同醉浮玉"等，都流露了在无法挽住的时光面前无可奈何的依黯情绪。有时则表现为一种"黄昏思想"。如《浣沙溪·和无咎韵》："懒向沙头醉玉瓶，唤君同赏小窗明，夕阳吹角最关情。"《双头莲·呈范至能待制》："华鬓星晕，惊壮志成虚，此身如寄。萧条病骥，向暗里消尽，当年豪气。"《南乡子》："蓬峤偶重游，不待人嘲我自羞。看镜倚楼俱已矣，扁舟。月笛烟蓑万事休"迟暮之感，取代了当年英气。"夕阳吹角"，措辞蕴藉，意却悲凉。

险峨仕路，坎坷人生，不仅销蚀着陆游的宏图烈抱，

而且还使他不时地陷入空幻情绪之中,特别是在晚年阶段。如:

> 识破浮生虚妄,从人讥谤。此身恰似弄潮儿,曾过了、千重浪。(《一落索》)

> 仕至千钟良易,年过七十常稀。眼底荣华元是梦,身后声名不自知。营营端为谁。(《破阵子》)

> 看破空花尘世,放轻昨梦浮名。蜡屐登山真率饮,筇杖穿林自在行。身闲心太平。(《破阵子》)

对于一个正直的士大夫来说,当他毕生为之奋斗的理想减弱了光彩或者趋于幻灭的时候,往往走向逃空或者玩世一途。陆游词中的不少作品属于这一类。如:

> 一弹指顷浮生过,堕甑元知当破。去去醉吟高卧,独唱何须和。　残年还我从来我,万里江湖烟舸。脱尽利名缰锁,世界元来大。(《桃源忆故人》)

十年裘马锦江滨，酒隐红尘。万金选胜莺花海，倚疏狂、驱使青春。吹笛鱼龙尽出，题诗风月俱新。　　自怜华发满纱巾，犹是官身。凤楼常记当年语，问浮名、何似身亲。欲寄吴笺说与：这回真个闲人。(《风入松》)

我校丹台玉字，君书蕊殿云篇。锦官城里重相遇，心事两依然。　　携酒何妨处处，寻梅共约年年。细思上界多官府，且作地行仙。(《乌夜啼》)

华灯纵博，雕鞍驰射，谁记当年豪举。酒徒一一取封侯，独去作、江边渔父。　　轻舟八尺，低篷三扇，占断蘋洲烟雨。镜湖元自属闲人，又何必、君恩赐与。(《鹊桥仙》)

这些词有的是耽禅学道，有的是恣情歌酒，有的是渔隐江湖，价值取向似乎很不相同，其实，都是为了平衡心态，缓和事业失败带来的巨大痛苦而采取的转移兴奋点以达到弱化冲击力的一种方式。这种寻求自我解脱，或者叫作"超脱"的办法，许多志士仁人都曾用过，只是用词的形式表现自己的内心世界，能如此丰富多彩、有血有肉、高雅脱俗而性情尽出，却是少见的。为了逃忧遣闷，陆游还有一个秘诀，这就是他在《鹧鸪天》词中所说的："慵服气，懒烧丹，不妨青鬓戏人间。秘传一字神仙诀，说与君知只是顽。"在《栈路书事》中他又说："痴顽殊耐事，随处一欣然。"直到八十四岁写的《稽山道中》还说："八十年间几来往，痴顽不料至今存。"可说是一个终生受用的法宝了。以"痴顽"来调节人生的痛苦，做正面意义的运用，在曹勋词里就出现过："老不求名，心惟耽静，旧缘历过艰难。杜门无事，一味放痴顽。"（《满庭芳》）五代的冯道也曾以"痴顽老子"自居。那么陆词中的"顽"字，究竟做何诠释？建安时代的繁钦曾说过"凄入肝脾，哀感顽艳"的话。"顽艳"与"肝脾"对举，其为名词无疑。"顽"与"艳"义正相反，属于矛盾构词法，盖粗笨之义也。况周颐以"拙不可及"释"顽"字可谓得窍。放翁词中的"顽"字，其实与迟钝、麻木义近。唯其以木然的态度对待世情的翻覆，才能减少痛苦，以求得心灵的相对宁静。陆游自号放翁，颓放的态度与痴顽的心境，是陆游用来对待痛苦、浮脆的人生之解毒剂。

陆游一生历尽坎坷，百忧尝遍，这就是导致《放翁词》充满悲怆色彩的根本原因。他的悲苦，不只是由于个人的不幸,而更多的是担荷着国家、民族、时代乃至人类的痛苦。他是一个伟大的时代歌手。他叹惜流年,是因为中原未复而英雄老去;他深感孤独,是由于"一卷兵书,叹惜无人付";他鄙夷庸俗,不肯同流合污,宁愿"零落成泥碾作尘,只有香如故";他珍惜美好的感情与生命,为佳人薄命、二美难合,而一再抛洒同情之泪。他用手中的彩笔讴歌了人类的美与善,鞭笞了人性中的丑与恶。他的词达到了道德的、艺术的、审美的统一。他为人们所披露的心灵冲突和苦难,是那样高尚、凄婉,使我们深受感动,难以平静。我认为陆游是最具有屈子气质的词人之一。他那九死未悔的爱国情怀、芳菲缠绵的爱情追求以及巡天跨海的仙家浪漫,都与《楚辞》息息相通。《放翁词》所特具的悲怆、意蕴,值得我们做深入的开掘。

通才、绝艺与凄美恋情

——关于姜夔的二三断想

南宋王朝与金国经过十几年兵刀血火的残酷厮杀后，在绍兴十一年（1141）签订了划淮而治的和议。十余年后，在鄱阳的一个书香世家里，姜夔呱呱落地。他生活的年代（约1155—1221）宋金两国处于相对和平状态。南宋的高宗、孝宗、光宗、宁宗四代，和戎政策取代匡复路线并占据了主导地位。而北部金国正值世、章二宗主政，亦重视和平发展，有所谓"神功圣德三千牍，大定明昌五十年"（元好问诗）之称。政治比较开明，边衅相对得到控制，经济、文化在南北两方都有很大发展，姜夔的艺术才能也得以孕育成长而登上巅峰。开展对他的研究，不仅可以发扬潜德之幽光，而且可以加深对传统文艺之理解，获得建设先进文化的启迪。下面谈一谈我对姜夔的几点断想。

文艺上的通才

"一事不知，儒者之耻"，尽管古人对于才艺提出了全面发展的要求，然而真正的通才仍寥若晨星。在这方面姜夔可算是少有的特例。他的先世出于九真郡（汉朝古郡，唐属岭南道，称爱州，今为越南清化），八世祖泮内迁鄱阳（在今江西）为饶州教授。累世儒修，代多贤者。父噩绍兴三十年(1160)进士,知汉阳县,卒于任。夔天资颖发,依姊以居,妙解诸艺,虽久困科场而襟期洒落,志不少挫。加之家富收藏,图书翰墨盛甲一方,乃得埋头艺事,尤工书法,曾以卖字为生计。陈造《次尧章饯徐南卿韵》云:"姜郎未仕不求田,倚赖生涯九万笺。稛载珠玑肯分我,北关当有合肥船。"年三十许即已名重一时了。亦精鉴赏考据之学,有《续书谱》《绛帖平》及《跋王献之保母帖》等作,为世盛称,有"书家申韩"之誉。于音乐造诣极深,曾上书朝廷论雅乐,进《大乐议》,著《琴瑟考古图》,上《圣宋铙歌鼓吹曲》,获免解试礼部。尤精声腔律度,所著长短句有自度曲17首。旁注工尺谱,声情美听,极当时所称道,是流传至今唯一完整的宋代词乐文献。兼工文章,杨万里称其"于文无所不工,甚似陆天随"。范成大以为"翰墨人品皆似晋宋之雅士"。姜夔自赋诗云:"处士风流不并时,移家相近若依依。夜凉一舸孤山下,林黑草深萤火飞。"时有以林和靖拟之者。至于诗词创作,更是珠联璧合,金玉交辉,取得了高出一代的杰出成就。他是历史上少有的一无官职二无恒产的专业作家,但他与那些曳裾豪门的清客不同,始终保持着人格的尊严与创作的独立意志及艺术个性。他像去留无迹的孤云野鹤一样,不是权力、富贵所能控制的。其《平甫见招不欲往》

诗云:"老去无心听管弦,病来杯酒不相便。人生难得秋前雨,乞我虚堂自在眠。"写得何等之好啊!正是这样一种自由的意志,保证了他创作的高品位。"平甫"是谁?即循王张俊裔孙,富贵风流著称一代的王孙公子。

诗词双绝的大家

姜夔于词是独辟蹊径、妙绝千古的一代宗师。他开创的清峻骚雅一派,成了继周邦彦之后的婉约词中大宗,有所谓"家白石而户玉田"的说法。戈载尊之为"真词中之圣也",就是一种代表性的看法。作为词学天才的姜夔,他的作品格韵双超,而且起步即高。如成于二十二岁时的第一首自度曲《扬州慢·淮左名都·中吕宫》即是一例:

> 淮左名都,竹西佳处,解鞍少驻初程。过春风十里,尽荠麦青青。自胡马窥江去后,废池乔木,犹厌言兵。渐黄昏、清角吹寒,都在空城。杜郎俊赏,算而今重到须惊。纵豆蔻词工,青楼梦好,难赋深情。二十四桥仍在,波心荡、冷月无声。念桥边红药,年年知为谁生?

词以往日的繁华胜概，烘托出兵后空城的凄惨；以摆荡波心的无声冷月，反衬杜郎当年的万种风情。真是字字惊心，欲哭无泪，堪与鲍照芜城之赋、庾郎哀江南之篇同其凄断了。

其另一名篇平韵《满江红·仙姥来时》巢湖祭神词云：

> 仙姥来时，正一望、千顷翠澜。旌旗共、乱云俱下，依约前山。命驾群龙金作轭，相从诸娣玉为冠。向夜深、风定悄无人，闻佩环。神奇处，君试看。奠淮右，阻江南。遣六丁雷电，别守东关。却笑英雄无好手，一篙春水走曹瞒。又怎知、人在小红楼，帘影间。

仙姥御前的神女佳丽，转眼竟成了驱遣雷电痛歼强敌的巾帼英雄。将红楼帘影间的丽质与辟易千军的猛士一笔写出，是寓刚于柔，合红牙檀板与铁板铜琶于一手的惊人之笔。试问词林诸公几人梦见此等神技！再如咏荷之《念奴娇》云："嫣然摇动，冷香飞上诗句……高柳垂阴，老鱼吹浪，留我花间住。"可谓掷笔天外，清极而奇之绝唱。

白石诗存二百余首，成就亦与词相埒。杨万里《进退格寄张功父、姜尧章》云:"尤萧范陆四诗翁,此后谁当第一功。新拜南湖为上将,更推白石作先锋。"许为一流人物。萧德藻更称"四十年作诗,始得此友",乃以侄女妻之,可谓倾倒至矣。白石诗作既得江西派之骨鲠,又润之以晚唐之风神,绵邈清刚,两兼其胜。试看以下诗作:

昔游
濠梁四无山,坡陀亘长野。
吾披紫茸毡,纵饮面无赭。
自矜意气豪,敢骑雪中马。
……
重围万箭急,驰突更叱咤。
……
徘徊望神州,沉叹英雄寡。

虞美人草
夜阑浩歌起,玉帐生悲风。
江东可千里,弃妾蓬蒿中。
化石哪解语,作草犹可舞。
陌上望骓来,翻愁不相顾。

皆坚苍悲壮，几于握拳透爪之作。而其《项里苔梅》则云："旧国婆娑几树梅，将军逐鹿未归来。江东父老空相忆，枝上年年长绿苔。"通过项王故里（在绍兴市西）的绿苔古梅表现对英雄的思念。化刚为柔，可谓妙笔。另一首《越九歌·项王》云："民荼嬴，天纪渎。群雄横徂君逐鹿……我无君尤，君胡我慊。亦有子孙，在阿崦。灵兮归来，筑宫崔嵬。"亦祀项王之作。如此浓墨重彩讴歌项羽，在南宋诗人中并不多见，表现了有异于词的特色，是值得重视的一个方面。

当然姜诗中以绵邈见长者更多。其《除夜自石湖归苕溪》云："笠泽茫茫雁影微，玉峰重叠护云衣。长桥寂寞春寒夜，只有诗人一舸归。"以及"自作新词韵最娇，小红低唱我吹箫。曲终过尽松陵路，回首烟波十四桥"，真噀玉吹香、风华盖世之作。杨万里所评"有裁云缝月之妙思，敲金戛玉之奇声"允为不刊之论。

凄美无尽之恋情

白石一生中始终不渝、魂牵梦绕的是他与合肥琵琶女之凄美恋情。它始于姜夔二十余岁北游淮楚之时，并成为其贯穿诗词创作中最主要、最持久与最动人的主题。

其《鹧鸪天·正月十一日观灯》云："巷陌风光纵赏时，笼纱未出马先嘶。……花满市，月侵衣，少年情事老来悲。"指出其大致的年代。其少年淮楚之行的作品，有成于丙申（1176）的自度曲《扬州慢》，中云："渐黄昏、清角吹寒，都在空城。……念桥边红药，年年知为谁生？"伤情之恸，溢于言表。另一首自度曲《淡黄柳》小序云："客居合肥南城赤阑桥之西，巷陌凄凉，与江左异……"其词云："空城晓角，吹入垂杨陌……强携酒，小乔宅。怕梨花落尽成秋色。燕燕飞来，问春何在，唯有池塘自碧。"语境、情怀与丙申之词十分相似，应视为同时之作。则其相识定情应在丙申之际。

然好事多磨，接下来是无尽的离愁别恨。如"韦郎去也，怎忘得、玉环分付：第一是早早归来，怕红萼、无人为主。算空有并刀，难剪离愁千缕"（《长亭怨慢》），这是以换位手法，曲折写出女儿盼郎归来的缠绵情愫。十年后的《一萼红》云："南去北来何事？荡湘云楚水，目极伤心……想垂杨、还袅万丝金。待得归鞍到时，只怕春深。"一样的垂杨红萼，恨意春心，当指合肥琵琶女无疑。翌年（淳熙十四年，1187年）元日的《踏莎行》更云："燕燕轻盈，莺莺娇软，分明又向华胥见……淮南皓月冷千山，冥冥归去无人管。"写出梦中欢会与别去的深怜轻惜之无限柔情。又"恨入四弦人欲老,梦寻千驿意难通。当时何似莫匆匆"(《浣溪沙》),"四弦"为琵琶之代称,"千驿"言梦路之迢递,一段痴情,皆为琵琶女而发。

庚戌(1190)秋有《送范仲讷往合肥》诗:"小帘灯火屡题诗,回首青山失后期。未老刘郎定重到,烦君说与故人知。"不久,他果然回到赤阑桥与琵琶女相会了。然而在翌年(1191)正月又带着无尽的惆怅作别。他在《浣溪沙》中写道:"钗燕笼云晚不忺,拟将裙带系郎船。别离滋味又今年。"但是裙带毕竟系不住离舟,琵琶女眼巴巴地看着情人远去。半年后诗人重来合肥,舟过牛渚时题句云:"牛渚矶边渺渺秋,笛声吹月下中流。西风不识张京兆,画得蛾眉如许愁。""张京兆"这里代指张敞,任太平知州时曾筑蛾眉亭于牛渚,为一方胜景。然而诗人对此蛾眉美景反生愁苦,暗示出这段恋情遇到的阻力和无奈。又过六年,在《鹧鸪天·元夕有所梦》词中云:

> 肥水东流无尽期,当初不合种相思。梦中未比丹青见,暗里忽惊山鸟啼。　　春未绿,鬓先丝。人间别久不成悲。谁教岁岁红莲夜,两处沉吟各自知。

情绪何其怅惘、沉郁！"人间"三句，痛定思痛语，益觉哀感无端。

直到开禧元年（1205），深爱30年，青春耗尽，白发盈颠时，白石在其《雪中六解》之末章云："沉香火里笙箫合，暖玉鞍边雉兔空。办得煎茶有骄色，先生只合作诗穷。"仍是那样深情地回味温馨华美的少年情事：两人相依相偎在沉香炉畔，按拍吹笙，浅斟低唱。这是一代名伶与天才词客的心之契合，是博学老师与慧心学子的爱之升华。他们没有名分，也不奢求长相厮守，甚至琵琶女连姓名也没有留下，却无怨无悔地苦苦相爱着。他们是那样真挚、专一、缠绵、悱恻，直到生命的尽头。这在古代名流才士之中可谓百不一见。沈园和宝黛的爱恨情仇已哀恸了普天下无数痴儿骏女，那么发生在赤阑桥畔的这段哀感顽艳的凄美爱情，不是同样值得我们珍视、呵护与加以发扬么？

·
·
·

《清明》诗与杏花村

《千家诗》里有首杜牧的《清明》诗：

清明时节雨纷纷，路上行人欲断魂。
借问酒家何处有？牧童遥指杏花村。

寥寥28字，却生动地勾画出一幅雨中行役的图画。不是么？在淫雨绵绵的清明时节，我们的诗人一肩行李，跋涉在异乡的泥泞小径上。凄风苦雨，冻馁交加，他是多么想歇歇脚，打打尖，暖和暖和身子，可是哪里有沽酒的人家呢？从这句问话里，我们不是可以感觉到他那急切、焦虑的呼唤吗？接下去，作者用"牧童遥指"悠然一结，把人们带入了一个充满希望、更加广阔的画境中。言近而意远，构思是很巧妙的。牧童土生土长，早已习惯斜风细雨中的牛背生涯，当然也不会有背井离乡、前程何处的怅惘情绪。他是安然的，从他那从容伸出的鞭梢望去，隐隐约约地出现了一片杏花成阵的村庄。这就把整个画面延伸到遥远的空间去了。一动一静，一苦一闲，相映成趣，可谓诗情画意一片浑然了。它与杜牧的另一首《江南春绝句》同样为人盛传，堪称姊妹名篇：

千里莺啼绿映红，水村山郭酒旗风。

南朝四百八十寺，多少楼台烟雨中。

同样写江南春雨，可是由于环境不同，感受也因之而异。前者写于间关道途，清明又正是上坟祭扫的时候。他一身远役，跋涉泥涂，故语多凄黯。"断魂"句出自宋之问"路遥魂欲断"，点出山行，用典而不露痕迹，甚妙。后一首为登临览胜之作。他身闲意静，不受饥寒的胁迫，故有雍容的气象。"南朝"二句，隐含着对佞佛迷信行为的批判，小中见大，思笔俱超，确实是精妙的作品。

对《清明》诗，目前存在不同的理解。这主要是两个问题，即真伪与地点问题。

关于第一点，有的人认为该诗不见于杜牧的《樊川文集》，在《外集》和《别集》中也未收录，而《千家诗》出于南宋，讹误不少，因而对其著作权表示怀疑。但是，我们知道，杜牧是个多产作家，对自己的作品又不大珍护，许多诗作随写随丢，未加存录。即使已有的存稿，他临终前又烧掉了七八。这一点，他的外甥裴延翰在《樊川文集序》中说得很清楚："(杜牧病中)尽搜文章阅千百纸，掷焚之。才属留者，十二三。"所以北宋人田概曾慨叹说："疑其散落于世者多矣。"(《樊川别集序》)确实，光他所增益的，就有59首之多。情况如此，我们怎么能单凭《樊川文集》之是否收录遽定其真伪呢？古人文集，由于收藏、整理与刊印条件的限制，散佚失载的很多。比如刘禹锡的《陋室铭》，也不见载于《刘宾客文集》，而只是侥幸地被保存在《舆地纪胜》里，此类情况很多，必须慎重对待。

其次，《清明》诗自南宋以下，一直广为流传。除了《千家诗》外，在《江南通志》《古今图书集成》《增补事类统编》等权威性方志、类书中都明确记载为杜牧所作。没有坚确的证据足以驳倒上述资料以前，我们是不应否定他的著作权的。另外，元词人凌云翰的《蝶恋花·杏庄为莫景行题》中有"恰似牧童遥指处，清明时节纷纷雨"引用杜诗，可为有力的旁证。

还有，如果将它的语言、风格、背景（详后）和艺术手法与杜牧的其他作品联系起来加以考察，也会发现它们完全一致。试把它同《泊秦淮》一类作品比较，不是一样清畅俊雅、韵美神流吗？

第二，诗里的"杏花村"究竟在何处？是山西汾阳还是安徽贵池？

这个问题争议较多。《晋中一日游》（发表于《北京晚报》1980年8月4日2版）就说：每当吟诵那脍炙人口的

《清明》诗句，就会在脑海中浮现出晋中原野一片生机勃勃，杏花村里，红杏点首，酒香扑鼻，令人陶醉神往的景象。认定了汾阳杏花村是杜牧行吟之地。再早一点，1978年山西人民出版社出版的《杏花村里酒如泉》一书，辟有《〈清明〉诗说》的专章，列举了不少理由来论证杜诗的杏花村应属汾酒的产地，并且力驳安徽贵池之说。这种意见究竟如何？是否符合历史实际呢？下面拟就此问题，谈谈个人的一些看法。

当然，人们出于对历史上杰出人物的景慕，往往附会出一些假名胜、假古迹来，这是不足为怪的。比如赤壁，嘉鱼之外又有一个黄冈赤壁。卧龙岗，襄阳、南阳各有一个。刘禹锡在河南荥阳老家写了一篇《陋室铭》，安徽和县——他的宦游之地，也有一个陋室。诸如此类，不胜枚举。群众的这种心理是可以理解的，然而作为学术研究来说，却要求严谨和准确，切忌张冠李戴，似是而非。因此，对杏花村的地望问题，有必要做一番考查，以求得一个比较合乎实际的结论。我以为可从以下三个方面进行考查：

首先，从物候方面看。

"清明时节雨纷纷"，"纷纷"二字所反映的雨的形态是具体的。它不是星星点点的疏雨，哗啦哗啦的大雨和稍下即止的阵雨,它是密密蒙蒙、绵延不断的毛毛细雨,而这正是烟云伏地的江南春雨所具有的特点。它与爽朗高旷的晋中气候是大为不同的。晋冀一带,春多干旱,雨水稀少,素有所谓"春雨贵似油"之说,即或下雨,也难有纷密如丝的景象,更不会出现连绵不断的淫雨天气。侯延庆《退斋雅闻录》称:"河朔人谓清明雨为泼火雨。",用一"泼"字,定知与"随风潜入夜,润物细无声"的南国春雨不同了。金代的名诗人元好问(山西忻州人,与汾阳同属晋中平原),他写北国的春雨,则另是一番景象:

小雨斑斑浥曙烟,平林簌簌点晴川。(《山中寒食》)

小雨斑斑晓未匀,烟光水色画难真。(《杏花杂诗》)

这"斑斑"两字,颇能传出华北地区春雨的神态,它和"纷纷"然的细雨是有显著不同的。有的人举出韦应物的《送汾城王主簿》诗中"禁钟春雨细,宫树野烟和"之句来证明唐代汾阳是有纷纷细雨的。可是,此人起码是太粗心了。因为既曰"禁钟",曰"宫树",则只能是首都,而不会是汾阳了,两者如何能扯到一块呢?这位作者还引用了谢觉哉为杏花村汾酒厂写的诗句"我来仍是雨纷纷"作为证据,可是他至少忽略了一个重要的事实,即时间的差异。谢老留题时为五月,这已是雨水渐多的夏日了。

其次,从诗人的行迹看。

杜牧的一生,据缪钺先生所著《杜牧年谱》的记载,其每年行踪都历历可考,足迹不曾到过山西,自然不会有汾阳觅酒之诗了。《樊川别集》所收《并州道中》一诗,破绽很多,应是他人作品误入者。如"戍楼春带雪,边角暮吹云",并州(今山西太原一带)当时不是边境,用"边角"字不类。该诗的尾联"如何遣公子,高卧醉醺醺",自称"公子"尤属不伦。(杜牧诗中每以"贱子""贱男子"自称。)定为伪作,似无疑问。

相反,如果把《清明》诗放到安徽贵池这个背景下来考查,则丝丝入扣,密合无间了。贵池,唐代叫池州,地处长江南岸。这一带向多杏花,有一个杏花村,今天还出产大曲和葡萄酒。池州是杜牧宦游之地。会昌四年(844)九月,杜牧由黄州移任池州刺史,共达两年之久,无论在政事或文学方面都卓有建树。他修复或建造的萧相楼、弄水亭，他曾游赏的齐山、九华山以及翠微渡、杏花村诸处，一直为人们所艳称。他与另一位名诗人张祜也是在这里结识的。他们留下了许多动人的酬唱之作，被传为晚唐诗坛的佳话。杜牧与池州的关系，还可以追溯得更远些。在他出任池州刺史以前，至少还来过一次。他的《将赴池州道中作》诗云：

> 青阳云水去年寻，黄绢歌诗出翰林。
> 投辖暂停留酒客，绛帷斜系满松阴。
> 妖人笑我不相问，道者应知归路心。
> 南去南来尽乡国，月明秋水只沉沉。

青阳为池州属县。既曰"去年寻"，可知已是旧地重游了。"翰林"指李白，曾游贵池，写了许多出色的诗歌。"黄绢"即"黄绢幼妇外孙齑臼"之省，为"绝妙好辞"的隐语。"投辖"典出《汉书·陈遵传》，陈拔出车辖投置井中，说明留客之殷勤。杜牧这次池州之行的具体情况，今天难于查考了，只知道他的朋友中家居青阳的有一个孟迟，颇有诗名，尤工绝句。诗中所说的殷勤的主人是不是就是孟迟呢？或许这首清明觅酒之作，就是这次行脚的记录。

杏花、春雨、江南，在该诗里是有机地结合在一起的。而贵池的杏花村正是具备这种自然条件的地方。这就是我们不同意其他解释的理由之一。有的同志还提出，杜牧为官江南，能"只身一人在郊外断魂游荡"吗？如果我们考虑到人生的复杂情况，那么这个问题是容易回答的。我们知道，杜牧不只文才杰出，他还是一个有济世经邦的政治抱负和军事韬略的奇才。他注过《孙子兵法》，为朝廷谋划过削平藩镇、刷新治道的方略。可是直道不容，才高招嫉，他的理想百不一施，反而不断受到排挤、打击，再加上他家境清寒，家累极重，爱弟丧明，孀妹待哺，这副重担都压到了他的肩上。种种压力，在他心上投下了浓重的阴影。他当刺史，不论在黄州、池州还是睦州，都是穷僻小郡，如他所说，乃是"三守僻左，七换星霜"，绝不是显赫得意的光景。恰恰相反，奔泻于他笔端的大都是一些穷苦之词。如：

何事明朝独惆怅，杏花时节在江南。

（《寓言》）

白头搔杀倚柱遍，归棹何时闻轧鸦。（《登九峰楼》）

> 逐日愁皆碎，随时醉有余。(《春末题池州弄水亭》)

> 四十已云老，况逢忧窘余。(《自遣》)

它们与《清明》诗韵情调是完全合拍的。

最后，从文献资料看。

池州杏花，夙享盛名。《池州府志》云，铜陵（在池州）杏山，昔传葛仙翁尝留此种。杏下有溪，落英飞堰上，名花堰。又《江南通志》云，唐诗人杜牧任池州刺史时有"清明时节雨纷纷……"一诗。《增补事类统编·地舆部·池州府》条下："杏花村在府城秀山门外。唐杜牧之诗'牧童遥指杏花村'即此。"以上都明确指出了《清明》诗中的杏花村是在贵池而不在别处。那么主张汾阳一说的人，是否也能够有权威性的文献作为依据呢？至少我还未见到。在学术研究上应该有"破"有"创"，但必须建立在坚实的事实基础之上。离开这个根本点来立说，那是危险的。

基于上述分析，我以为问题已经清楚。杜牧《清明》诗中的杏花村应在安徽贵池，而不在山西汾阳。其实，这个问题的争议，主要还是近来的事情，自1978年出版的《杏花村里酒如泉》一书问世，乃逐渐成为热点话题。我们这样的国家，有着悠久的历史和灿烂的文化遗产，这当然是值得自豪的，但是，是否有必要把每件事物都和遥远的古代联系起来，以为越古越好呢？不见得。比如举世无双的茅台和盛名远扬的汾酒，它们的信誉决定于各自出色的质量和特有的风味，至于杜牧是否喝过，倒不是重要的问题。我们怎么能把如春花怒放、层出不穷的新生事物一一纳入历史的"模式"中去确定它们的价值呢？像这样朴素的道理，我以为是不难理解的。

．
．
．

阿瞒横槊振诗风

屈原以后，秦汉四百年间的诗坛是寂寞的。直到曹操（155—220）横空出世才改写了诗歌的历史，拉开了光芒万丈的"建安风骨"的大幕。曹操，字孟德，小字阿瞒，沛国谯（今安徽亳州）人，东汉末年杰出的政治家、军事家与诗人。他仗剑而起讨伐董卓、平定黄巾，统一北方，对于中国经济文化的发展做出了巨大的贡献。史称他"文武并施，御军三十余年，手不舍书。昼则讲武策，夜则思经传，登高必赋"，实为旷世之奇才。所谓"建安风骨"实即在曹操影响下的邺下才士集团（包括曹氏父子与建安七子）总体风格的总称。鲁迅认为，建安时代是文学自觉的时代。他说，汉末魏初的文章是清峻，通脱。曹操本身，也是一个改造文章的祖师。毛泽东同样推崇曹操，1918年他路过许昌，同罗章龙联句写了《过魏都》："横槊赋诗意飞扬（罗），自明本志好文章（毛）。萧条异代西田墓（毛），铜雀荒沦落夕阳（罗）。"他曾同身边工作人员说："我还是喜欢曹操的诗。气魄雄伟，慷慨悲凉，是真男子，大手笔。""曹操的文章、诗，极为本色，直抒胸臆，豁达通脱，应当学习。"

曹操的诗存世不过20余首，多以乐府体写时事、气韵沉酣，无语不妙，堪称一等之经典作品。我们可以毫不夸张地说，正是这些杰作转变风气，开了一代新风。

建安文学当以老瞒为灵魂核心人物。比如《短歌行》从"对酒当歌，人生几何？譬如朝露，去日苦多"发端而生出时光易逝之叹，继写"青青子衿，悠悠我心，但为君故，沉吟至今""越陌度阡，枉用相存，契阔谈䜩，心念旧恩"的求贤若渴的心情，最后归结为"山不厌高，水不厌深，周公吐哺，天下归心"，这是大政治家的精诚吐哺、折节下士，为的是实现国泰民康的太平治世的局面。这种气象胸襟高远感人！昔人评此诗为曹集压卷，可谓有识。再如《蒿里行》："铠甲生虮虱，万姓以死亡。白骨露于野，千里无鸡鸣。生民百遗一，念之断人肠。"写战乱给民众带来的苦难，又何等触目惊心！洵为时代之实录，下开老杜《三吏》《三别》之先声。陈祚明云："本无泛语，根在性情。故其跌宕悲凉，独臻超越。"其《观沧海》云："东临碣石，以观沧海……秋风萧瑟，洪波涌起。日月之行，若出其中。星汉灿烂，若出其里。"诗写于平定乌桓的归途中，好一派海涵山负、吞吐日月的气象！这里是将自在的海山日月转换为饱蘸着诗人奇情异彩的心中的宇宙与审美的对象！实为我国山水诗歌的开山之作，至今读之犹令人神观飞越。

生命意识的觉醒，在曹诗中也有上乘的表现。其《龟虽寿》中先点出"神龟虽寿，犹有竟时"，指出一切有生，终归泯灭的规律。但他的过人之处在于能把握有限的时间去实现人生的永恒价值，这就是"老骥伏枥，志在千里。烈士暮年，壮心不已"所包含的真谛。此外，他还提出"盈缩之期，不但在天。养怡之福，可得永年"的命题，将奋斗与任化和怡养统一起来。这就是曹孟德的合理、积极的人生态度。这些都说明曹操在人生真谛上所达到的高度，至今对我们仍有着启发的意义。

···

清风万古陶彭泽

在中古诗坛上，陶渊明（365—427）毫无疑问是一位拔奇领异、开径自行的伟大诗人。他所开创的田园诗派，歌咏乡野风光，描绘农事劳作，表现恬静气韵以及农家情趣，栩栩如生、自然真率，历唐宋以至于现代，影响深巨，无人能及。

陶渊明出身清贵世家。曾祖陶侃是威重朝野的东晋大司马、都督八州诸军事、长沙郡公。他的外祖父孟嘉是桓温参军，以落帽风流著称一代的名士。他的祖父陶茂为太守，叔父陶夔为太常卿。由于父亲早逝，家道中落，生活比较清贫。据陈寅恪考证，陶渊明的先世是江南土著溪族一支，温峤曾讥陶侃为"溪狗"。这种背景导致了他们与世代显贵的王谢家族有很大差别，以至于"生生所资，未见其术"。

在亲友的劝勉下，陶渊明也曾步入仕途，当过彭泽县令。但他质性自然，不愿受到约束，就因厌恶督邮的到来而扬言"吾不能为五斗米折腰，拳拳事乡里小人"，便挂冠归去。这就是"折腰"典故的来源。他安贫乐道的性情广受称誉。他曾说："夏月虚闲，高卧北窗之下，清风飒至，自谓羲皇上人。"其率性高逸可知了。

他的诗作不多，传世的只有125首，但却极为精彩，特别是归田以后的作品，如《归园田居》《饮酒》《桃花源记（并诗）》等，堪称经典。《归园田居》作于他归田后的第二年。其一云：

> 少无适俗韵，性本爱丘山。
> ……
> 暧暧远人村，依依墟里烟。
> 狗吠深巷中，鸡鸣桑树巅。
> 户庭无尘杂，虚室有余闲。
> 久在樊笼里，复得返自然。

这首诗一起二句自明本志。"俗"指虚伪、倾轧的官场腐败，是他最唾弃的。而山林自然则正是他性之所悦。下面几句写前后左右的景色，无不令他赏心悦目，真有摆脱樊笼后说不尽的欢喜。这种笔触情致写出回归自然、回归自我所得到的心灵的救赎之感，是前人未到之境。又如《饮酒》之五：

> 结庐在人境，而无车马喧。
> 问君何能尔，心远地自偏。
> 采菊东篱下，悠然见南山。
> 山气日夕佳，飞鸟相与还。
> 此中有真意，欲辨已忘言。

写悠然闲适的心态，笔墨自然天成，语言冲淡和易，接近生活而微妙丰富。如"山气日夕佳，飞鸟相与还"等真是诗家化境。"采菊"二句千古传诵，这是因为诗人将一种悠然举首无心发现庐山（南山）之美的欣然自得之悦乐写到了极致，如作"望"字则为有心的安排，就无此兴会了。东坡说："因采菊而见山，境与意会，此句最有妙处。近岁俗本皆作'望南山'，则此一篇神气都索然矣。"此等评价最值得我们品味。陶渊明的《桃花源记（并诗）》是其作品中脍炙人口的杰作。"记"相当序言，讲了一个曲折动人的故事，写渔人贪爱美景，无意中来到了避乱秦人居住的乐土胜境，受到盛情的款待，以及后来重寻故地，竟迷不得路的怅惘心情，令人有无限感慨。《桃花源诗》则以史家重笔来论事述景。前六句言为避秦暴政与一些贤人来此隐居，语极简练、深刻。中间部分写桃花源中情景及生活方式：他们遵古法，肆农耕，翁孺欢欣，四时成岁。特别是"春蚕收长丝，秋熟靡王税"两句表达出其无国家无税赋的社会结构，这不正是天下大同与社会正义的理想乐土吗？它从社会学上说与柏拉图《理想国》中的乌托邦不是有着异曲同工的思想深度吗？从生态学角度上，他与华兹华斯的崇尚自然、天人和谐、恬静悠远的精神诉求，也有着惊人的相似。上下两千多年，相隔几万里之遥，乃有此等契合，哲人的思维与诗家的灵感是何等神奇和不可思议。

　　陶渊明生活的时代，是个民族矛盾尖锐、玄学之风盛行、诗坛枯寂的时代。多亏有了他，才填补了东晋一百多年的空白，而且把诗歌推向一个清新高逸的新阶段。陶渊明是振魏晋之诗风、开田园之新派、立清逸之高节、张率真之吟帜的杰出诗人与思想家。无怪东坡说："吾于诗人无所甚好，独好渊明之诗。渊明作诗不多，然其诗质而实绮，癯而实腴。自曹刘鲍谢李杜诸人皆莫及也。"评价之高，于此可见。

曹景宗的险韵诗

曹景宗（457—508），字子震，河南新野人。出身将门，梁武帝时任右卫将军。天监五年（506）北魏宣武帝元恪命中山王元英率30万兵攻钟离，十一月，梁武帝命曹景宗督兵20万往救之。景宗与韦睿等用火攻奇计大败魏军，歼敌25万，取得了自刘宋以来对北魏作战的最辉煌的胜利。梁武帝为之摆宴华光殿祝捷，令尚书左仆射沈约等大臣赋诗为贺。沈以曹为武将不善诗词，未与分韵。景宗固请，乃以剩下的"竞""病"两个窄韵险字付之。景宗提笔，略不思索，即成四句：

去时儿女悲，归来笳鼓竞。
借问行路人，何如霍去病。

意胜神旺，浑然天成，化险为夷，语惊四座。武帝大喜，令史官书之，载入国史。此诗以大败匈奴的霍去病自比，可谓气高千古，恰如其分。英雄本色，戛然不凡如此，真绝唱也。李清照在《念奴娇》词中提到的"险韵诗成，扶头酒醒"之名句就是为此而发的仰慕之情。

史书称曹景宗为人桀骜不驯，生性豪放，贪嗜酒色，军纪不严，有纵兵为非之处，毛病确实不少。但他一生金戈铁马，叱咤风云，横行天下，所向披靡，虽小节不拘，却不失英雄本色，因而颇得毛泽东的激赏。他评点

曹景宗时说:"良将也。仅次于韦睿、裴邃。"特别是读到以下景宗自述往昔的文字时,更是大加称赞:

> 我昔乡里骑快马如龙,与年少辈数十骑拓弓弦作霹雳声,箭如饿鸱叫。平泽中逐獐,数肋射之,渴饮其血,饥食其肉,甜如甘露浆,觉耳后风生,鼻头出火,此乐使人忘死,不知老之将至。今来扬州作贵人,动转不得。路行开车幔,小人辄言不可,闭置车中如三日新妇。遭此邑邑,使人无气。

其向往自由、反对束缚的个性,引起了众多读者的共鸣。这番牢骚话,有血有肉,极见性格,字字新鲜,句句响亮,有力度,而且生动形象。无此胸襟气度是决然想象不出的,堪称千古奇文。

由曹景宗无意开启的险韵诗风,它的阳刚霸气、奇矫风致,对后世诗坛产生了不小的影响。韩愈在《石鼎联句》中所引诸人的诗句,可说是曹诗的回音。其诗云:

> 巧匠斫山骨,刳中事煎烹。(刘师服)
> 直柄未当权,塞口且吞声。(侯喜)
> 龙头缩菌蠢,豕腹涨彭亨。(轩辕弥明)

……徒示坚重性，不过升合盛。（刘师服）

傍似废毂仰，侧见折轴横。（侯喜）

时于蚯蚓窍，微作苍蝇鸣。（轩辕弥明）

这些诗句，真是精怪百出，想入非非，充分展示了诗人的才力与艺术的个性。

宋代欧阳修、梅圣俞、王安石、苏东坡、黄山谷等亦时有所作，皆极具特色。比如欧阳修在送裴如晦知吴江的别宴上，拈出"黯然销魂惟别而已"八字为韵，令友人作诗送别。王安石拈得"惟"字，又用苏洵拈得的"而"字拟作了两首，中有"春风垂虹亭，一杯湖上持。傲兀何宾客，两忘我与而"，韵致高古，远胜苏洵的"谈诗究乎而"之句。据说因此引起老苏的不满，以致老苏写了《辨奸论》来泄愤。这就未免气量狭窄些了吧。

押险韵、用难字之风气，直到近代同光体诗人犹爱之不衰。陈三立就是一个代表。他在《为濮青士观察丈题山谷老人尺牍卷子》中写道："我诵涪翁诗，奥莹出妩媚。冥搜贯万象，往往天机备……后有五百年，永宝十行字。劣咏污败毫，凭叟哂以鼻。"论定山谷诗风书格，真能独具只眼，险怪通神了。当然，用险韵需要本领、才学的支撑，不然就难免出乖现丑了。

图书在版编目（CIP）数据

古诗词之美 / 周笃文著；荣宏君选编. —上海：
上海三联书店，2021.6
ISBN 978-7-5426-6794-6

Ⅰ.①古… Ⅱ.①周… ②荣… Ⅲ.①古典诗歌—诗歌欣赏—中国 Ⅳ.①I207.2

中国版本图书馆CIP数据核字（2019）第206579号

古诗词之美

著　者 / 周笃文
选　编 / 荣宏君

责任编辑 / 朱静蔚
特约编辑 / 戈　云
装帧设计 / 微言视觉｜苗庆东
监　制 / 姚　军
责任校对 / 戈　云

出版发行 / 上海三联书店
　　　　　（200030）中国上海市徐汇区漕溪北路331号中金国际广场A座6楼
邮购电话 / 021-22895540
印　刷 / 河北鹏润印刷有限公司

版　次 / 2021年6月第1版
印　次 / 2021年6月第1次印刷
开　本 / 787×1092　1/32
字　数 / 174千字
印　张 / 10.75
书　号 / ISBN 978-7-5426-6794-6 / I·1548
定　价 / 59.00元

敬启读者，如发现本书有印装质量问题，请与印刷厂联系010—60278722。